Indomptable convoitise

SARA CRAVEN

Indomptable convoitise

Azur

HARLEQUIN

Collection : Azur

Cet ouvrage a été publié en langue anglaise
sous le titre :
THE INNOCENT'S SINFUL CRAVING

Traduction française de
ELISABETH MARZIN

HARLEQUIN
83-85, boulevard Vincent-Auriol, 75646 PARIS CEDEX 13
Service Lectrices — Tél. : 01 45 82 47 47

www.harlequin.fr

ISBN 978-2-2803-4465-4 — ISSN 0993-4448

1.

Au sommet de la colline, Dana s'arrêta sur le bas-côté, descendit de voiture et s'étira avec volupté après le long trajet depuis Londres.

En contrebas, le manoir s'étalait au cœur de la vallée verdoyante, tel un antique dragon de pierre dormant au soleil. Un sourire joyeux aux lèvres, elle soupira d'aise et murmura :

— Je suis de retour. Et cette fois je vais rester. Rien — ni personne — ne pourra plus me chasser d'ici. Tu vas être à moi, tu m'entends ?

Après un dernier regard sur Mannion, elle remonta en voiture et descendit la colline.

Ça ne se passerait pas comme autrefois. La situation avait changé. Pour commencer, il n'y aurait plus Serafina Latimer, avec ses sourires et sa bienveillance qui laissait parfois subitement place à la sévérité. Elle était retournée en Italie, son cher pays, et tante Joss était partie avec elle.

Moi aussi, j'ai changé, songea Dana.

Elle n'avait plus grand-chose à voir avec la jeune fille de dix-sept ans un peu perdue qui avait quitté Mannion sept ans plus tôt. Elle n'était plus la nièce de la gouvernante, dont la présence au manoir était seulement tolérée. Elle était devenue une négociatrice en immobilier qui menait une brillante carrière au sein d'une grande agence londonienne.

Au cours des dernières années, elle avait appris à se battre pour réussir. Elle avait également aidé beaucoup de gens à réaliser leur rêve. Aujourd'hui, son tour était venu de réaliser le sien. A cette différence près que Mannion n'était pas un rêve. C'était une propriété qui lui revenait légitimement, sinon légalement. Les droits naturels existaient et elle avait bien l'intention de faire valoir les siens. Par tous les moyens et quelles que soient les conséquences. Il y avait très longtemps qu'elle avait pris cette décision et le temps n'avait fait que renforcer sa détermination.

Dana franchit la grille en fer forgé et remonta l'allée qui traversait le parc jusqu'au manoir, devant lequel plusieurs voitures étaient garées. Elle glissa sa Peugeot sur la place la plus proche et en descendit, le cœur battant. Après avoir promené son regard sur les autres véhicules, elle lissa sa jupe de lin kaki et prit sa valise dans le coffre. La lourde porte de bois ornée de clous était ouverte et une femme rondelette vêtue d'une robe sombre attendait sur le seuil, constata-t-elle en se retournant.

— Mademoiselle Grantham ? Je suis Janet Harris, déclara la femme d'un ton courtois. Si vous voulez bien me donner votre valise, je vais vous conduire à votre chambre.

Je connais sans doute mieux le chemin que vous, songea Dana, amusée, en la suivant. Combien de fois avait-elle trottiné derrière tante Joss tandis que celle-ci s'assurait que tout était prêt pour les invités sur le point d'arriver ? Parfois, elle avait l'autorisation de mettre elle-même les fleurs dans les chambres. Quelqu'un en avait-il mis dans la sienne ?

La réponse était non, découvrit-elle quelques minutes plus tard. Et on lui avait attribué la chambre la plus petite, qui donnait sur le versant de la vallée où se trouvait le pavillon d'été. La seule chose qu'elle n'avait pas envie de voir… Elle espérait qu'il aurait disparu, mais non. Il était toujours là. Evocateur de souvenirs vivaces. Amers et perturbants…

Cependant, le choix de la vue n'était certainement pas délibéré, se dit-elle en se détournant de la fenêtre.

Contrairement au choix de la pièce elle-même, dont les dimensions réduites et le décor défraîchi semblaient destinés à lui rappeler quelle était sa place dans la maison. Mais il en fallait plus pour la décourager.

— La salle de bains est au bout du couloir, mademoiselle Grantham.

Mme Harris semblait presque contrite.

— Mais vous serez la seule à l'utiliser. Si vous avez besoin de quoi que ce soit, n'hésitez pas à me le demander.

Après une pause, elle ajouta :

— Mlle Latimer m'a demandé de vous dire que le thé est servi au salon.

Que de cérémonies, songea Dana avec amusement après le départ de la gouvernante. Ça ne ressemblait pas du tout à Nicola. Mais peut-être avait-elle du mal à assumer son rôle d'hôtesse. Elle sortit de sa valise les deux robes qu'elle avait apportées pour les deux soirées qu'elle passerait à Mannion, et les accrocha dans une penderie aussi étroite que le lit à une place.

La salle de bains, équipée d'une baignoire, d'un lavabo et d'un miroir en pied, était simple mais bien fournie en serviettes de toilette. Après s'être recoiffée et avoir remis une fine couche de rouge à lèvres, Dana se livra devant son reflet à un examen aussi détaillé que celui qu'elle s'attendait à subir à son arrivée au salon.

Ses cheveux châtains, éclairés de mèches cuivrées dues à un balayage, tombaient souplement sur ses épaules, tandis que son maquillage subtil mettait en valeur les reflets verts de ses yeux noisette. Son corps, doté des courbes féminines appropriées, était mince et musclé, grâce aux cours de gym et de danse auxquels elle participait avec assiduité. Des cours assez onéreux, mais la fin justifiait les moyens.

D'ailleurs, la réaction spontanée de Nicola dix jours plus tôt avait été rassurante. « Dana, quel plaisir de te revoir ! Et tu es splendide ! » Très exagéré mais gratifiant malgré tout.

Dana quitta sa chambre et longea le couloir en promenant autour d'elle un regard plus attentif qu'à son arrivée. Sa chambre n'était pas la seule pièce à avoir besoin d'une remise à neuf. Les peintures s'écaillaient et le ménage n'était manifestement plus fait avec la même rigueur que du temps de tante Joss. Il ne flottait plus dans l'air un délicieux parfum de lavande et de cire d'abeille et le parquet ne brillait plus. Il y avait même quelques toiles d'araignée.

Le manoir semblait… mal aimé. Une conséquence somme toute prévisible du départ de la maîtresse de maison.

Non que Serafina Latimer ait eu le choix. Ayant fait donation de la propriété à son neveu Adam, le frère aîné de Nicola, afin d'éviter les droits de succession, elle n'avait plus droit qu'à des séjours épisodiques à Mannion. Lorsque sa tante lui avait expliqué la situation, sept ans plus tôt, Dana avait été outrée. Mais tante Joss avait balayé d'un geste toutes ses protestations.

« Il faut que tu te sortes ces idées absurdes de la tête, Dana. Cette histoire est réglée une fois pour toutes », avait-elle déclaré d'un ton sans réplique.

Dans l'escalier, Dana secoua la tête. Comment pourrait-elle se résigner à perdre son héritage ? Tante Joss avait tort. Cette « histoire » était loin d'être réglée. Elle avait été lésée et elle avait bien l'intention de se battre pour reprendre ce qui lui revenait.

Pauvre Mannion, songea-t-elle en descendant les dernières marches. *Quand tu seras à moi, tu seras de nouveau traité comme tu le mérites.*

Aucun bruit de voix ne provenait du salon, constata-t-elle avec surprise avant de franchir le seuil de la pièce. A la vue des fauteuils et des canapés profonds recouverts de chintz, et des rideaux de soie qui ondulaient dans la brise provenant de la porte-fenêtre ouverte, elle eut l'impression d'avoir remonté le temps. Mais, contrairement à ce qu'elle avait pensé, ce n'était pas Nicola Latimer qui l'attendait à la table où était servi le thé. C'était une autre

Mlle Latimer, beaucoup plus âgée, boudinée dans une affreuse robe à fleurs, avec des cheveux décolorés qui lui faisaient comme un casque et les lèvres pincées. Mimi, la tante de Nicola. Dana réprima une moue dépitée. Elle aurait dû s'en douter…

— Eh bien, Dana.

Une main ornée de bagues lui indiqua un siège.

— C'est une surprise, poursuivit Mimi Latimer d'un ton indiquant que la surprise en question était désagréable. Je ne savais pas que Nicola et vous entreteniez toujours des relations, et encore moins que vous étiez aussi proches.

Dana sourit, imperturbable.

— Bonjour, mademoiselle Latimer. En fait, Nicola et moi, nous ne nous étions pas vues depuis longtemps.

Sept ans, très exactement…

— Mais vous vous souvenez certainement que nous étions en pension ensemble.

— Oui, répliqua Mimi Latimer en versant de l'earl grey dans une tasse de porcelaine qu'elle tendit à Dana. Je n'ai pas oublié non plus que votre scolarité avait pris fin brusquement. Drôle de façon de récompenser Serafina de la générosité dont elle a fait preuve à votre égard.

— Nous estimions peut-être l'une et l'autre qu'elle avait été largement assez généreuse et qu'il était temps que je vole de mes propres ailes, répliqua Dana sans se démonter.

Ce que j'attendais d'elle, ce n'était pas de la charité. Je voulais être reconnue comme sa petite-fille.

— Personne ne peut vous contredire sur ce point, acquiesça Mlle Latimer d'un air pincé en présentant à Dana une assiette de sandwichs minuscules.

Seul un quatre-quarts complétait le festin, constata Dana. Autrefois, lorsqu'elle rentrait pour les vacances, elle trouvait toujours la table chargée non seulement de sandwichs mais aussi de scones accompagnés de crème ou de crumpets beurrés, selon la saison. Le tout suivi par un énorme gâteau au chocolat et un Victoria sponge cake généreusement garni de confiture de fraise. Ceci en présence de Serafina, qui leur posait des questions à Nicola et à elle, pour savoir si le trimestre s'était bien passé.

— Et votre famille ? Tout le monde va bien ? demanda Mimi Latimer d'un ton lourd de sous-entendus.

— Oui, merci.

Du moins d'après les rares nouvelles que je reçois.

— Votre mère vit toujours en Espagne ?

— Oui.

— Et pour vous ça marche bien, semble-t-il. Vous essayez de vendre à Nicola et Eddie un appartement hors de prix, apparemment.

— Je leur ai fait visiter un très bel appartement, rectifia Dana en prenant un sandwich à l'œuf et au cresson qu'elle s'efforça de ne pas avaler en une seule bouchée. Il se situe dans la fourchette de prix qu'ils m'avaient indiquée et il semble beaucoup leur plaire.

— C'est une curieuse coïncidence, que vous vous soyez retrouvées à cette occasion.

— Disons plutôt que c'est un heureux hasard.

Si on excepte toutes les ruses que j'ai dû employer à l'agence pour être chargée de cette visite.

— Où est Nicola, à propos ? demanda Dana après avoir bu une gorgée de thé froid.

— Elle a emmené Eddie et ses parents voir l'église du village. Elle s'est mis dans la tête de se marier ici. Ce qui est ridicule. Londres serait beaucoup plus pratique pour tout le monde. Mais elle a réussi à convaincre Eddie qu'ils devaient se marier à la campagne, entourés uniquement de la famille, des amis proches et des gens du village. Une fête intime, comme aurait dû l'être la réunion de ce week-end.

Mlle Latimer fit une pause qui en disait long, avant de poursuivre d'un ton crispé.

— Dieu seul sait ce que vont penser les Marchwood. J'ai tenté de ramener cette petite à la raison, mais il se trouve que Belisandro, le cousin de Serafina, a pris son parti. Il est vrai qu'il a toujours encouragé Nicola à n'en faire qu'à sa tête. En fait, je suis étonnée qu'il ne cherche pas à l'épouser lui-même.

La gorge soudain serrée, Dana se força à boire une nouvelle gorgée d'earl grey avant de commenter d'une voix plus ferme qu'elle ne l'aurait voulu :

— Zac Belisandro ne semble pas du genre à se marier.

De toute façon, il était à l'autre bout du monde. Ce qui l'empêchait visiblement pas de continuer à se mêler des affaires des Latimer…

— J'imagine que son père aura bientôt son mot à dire à ce sujet. Mais cela ne me regarde pas. Ni vous non plus, d'ailleurs.

Dana parvint à afficher un sourire serein.

— Vous avez raison.

Le silence qui suivit semblait l'inviter à demander où se trouvait Adam. Mais plutôt mourir que de poser cette question. Surtout à Mimi Latimer. De toute façon, elle le verrait très bientôt, songea-t-elle en se remémorant ses cheveux blonds ébouriffés par le vent, ses traits d'une beauté presque enfantine, ses yeux bleus et sa bouche toujours prête à sourire. Un homme très séduisant, indépendamment de sa fortune. Alors pourquoi avait-elle du mal à empêcher son image d'être remplacée par une autre ? Celle d'un visage taillé à la serpe, au teint mat et aux yeux aussi sombres et impénétrables qu'une nuit d'hiver sans lune…

Dana reposa sa tasse sur la table avec précaution et dut faire appel à toute sa volonté pour sourire à Mimi Latimer.

— Merci pour ce thé délicieux, mais, si vous voulez bien m'excuser, j'ai besoin de me dégourdir les jambes après le trajet en voiture depuis Londres.

Elle se leva, traversa le salon et sortit par la porte-fenêtre. Depuis la terrasse, elle contempla la pelouse en contrebas comme si elle était fascinée par cette vaste étendue de gazon vert vif, qui semblait aussi lisse qu'un tapis de billard. En réalité, elle la voyait à peine. Son attention était accaparée malgré elle par un nom qui tournait en boucle dans son esprit. Zac Belisandro.

Fils unique et héritier de l'empire Belisandro International. Actuellement chargé de gérer les intérêts de ce dernier en Australie et en Extrême-Orient, mission dont il s'acquittait avec une efficacité en passe de devenir légendaire.

« *L'homme qui ferait passer Midas pour un novice* », avait titré récemment la rubrique économie d'un quotidien à grand tirage.

Mais, pour elle, Zac Belisandro était l'homme qui avait provoqué son départ de Mannion sept ans plus tôt. Son pire ennemi. Celui qui s'emploierait encore à l'exclure aujourd'hui, s'il ne se trouvait pas à des milliers de kilomètres.

Ne pense pas à lui, se dit-elle fermement. *Concentre-toi sur Adam. C'est le seul qui compte, depuis toujours.*

A son grand dam, son esprit — sa mémoire — refusait de lui obéir. L'image de Zac Belisandro y restait imprimée, aussi nette qu'une ombre dans le soleil d'été. Malgré la chaleur, Dana frissonna. Pourvu qu'il ne vienne pas tout gâcher une seconde fois... Pourvu qu'il reste à l'autre bout du monde... Au moins jusqu'à ce qu'elle atteigne son but. Jusqu'à ce qu'elle devienne Mme Adam Latimer et retrouve ses droits sur Mannion. Des droits dont elle avait été injustement privée.

Si son père — le capitaine Jack Latimer, le fils de Serafina — n'avait pas été tué dans une embuscade en Irlande du Nord, sa mère et elle auraient eu une vie très différente. Ses parents se seraient mariés et Serafina aurait bien été obligée de l'accepter, malgré ses préjugés. Son fils n'aurait pas permis que la femme qu'il aimait soit chassée et couverte d'opprobre.

Dana descendit les marches de la terrasse et traversa la pelouse en direction du bosquet. Dès qu'elle était venue vivre à Mannion, c'était devenu son refuge favori, un endroit où se cacher quand sa mère lui manquait et qu'elle voulait pleurer en paix. Tante Joss avait beau être assez gentille avec elle, elle était trop occupée pour pouvoir lui consacrer beaucoup de temps. Si elle avait pris sa jeune nièce illégitime en charge, c'était avant tout parce que son sens du devoir lui interdisait de la laisser placer en famille d'accueil pendant les fréquents séjours de sa mère à l'hôpital.

Si bien que Dana se sentait seule. Elle était rongée par un sentiment d'abandon qui ne la quittait jamais, même quand sa mère et elle étaient réunies, dans des appartements toujours plus sombres et plus exigus. Linda, de plus en plus fragile au fil du temps, promettait à chaque fois aux dames dynamiques qui venaient la voir le soir avec leurs dossiers sous le bras que cette fois elle allait s'en sortir. Que cette fois elle allait réussir à garder son travail, pour le bien de sa fille et pour le sien.

Dana soupira. Etait-elle la seule, malgré son jeune âge, à soupçonner que ça n'arriverait jamais ? A cette époque, déjà, Mannion tenait toute la place dans son cœur et dans son esprit.

— Mannion, c'est chez nous, lui murmurait parfois Linda avant de s'endormir, dans le lit qu'elles partageaient. On nous a chassées parce que je n'étais que la sœur de la gouvernante. Je pensais que ta grand-mère me recevrait à bras ouverts quand je suis allée la voir pour lui annoncer que son fils avait un enfant. Je pensais qu'elle serait heureuse d'apprendre qu'elle était grand-mère et que nous pourrions pleurer Jack ensemble. Mais elle nous a renvoyées toutes les deux. Mon cœur était déjà brisé depuis la mort de ton père et elle a achevé de le réduire en miettes. Mais elle ne nous dépouillera pas, ma chérie. Le domaine de Mannion était l'héritage de ton père. Par conséquent, il nous appartient. Un jour, nous le reprendrons. Dis-le, ma chérie. Répète-le-moi. »

Les paupières lourdes, Dana répétait docilement d'une voix ensommeillée :« Un jour, nous le reprendrons. »

Mais très vite Linda sombrait de nouveau. Quand elle ne s'enfermait pas dans la chambre pour pleurer pendant des heures, elle restait assise devant la fenêtre du salon, immobile et silencieuse, les yeux dans le vague. Elle finissait par être hospitalisée et Dana se retrouvait à Mannion sous la garde de tante Joss, à chaque fois un peu plus convaincue d'être chez elle, au fur et à mesure que les graines semées par sa mère germaient dans son esprit.

Mme Brownlow, une des dames qui s'occupaient de Linda, téléphonait régulièrement à tante Joss pour lui donner des nouvelles de sa sœur. Un jour, elle s'était montrée plus optimiste que d'habitude.

— Linda semble aller mieux… un véritable changement. Nous espérons que ce séjour l'aidera à se remettre définitivement sur les rails.

— Deux semaines en Espagne ? avait commenté tante Joss d'un ton dubitatif. Sans Dana ?

— Pour l'instant, oui. Pour voir comment ça se passe. Plus tard, nous pourrons peut-être organiser des vacances communes.

Dana avait été soulagée. Non pas parce qu'elle se sentait particulièrement bien à l'école du village, où elle était devenue la tête de Turc des autres filles en raison de sa présence épisodique. Mais parce que, sans savoir exactement où se trouvait l'Espagne, elle se doutait que c'était loin de Mannion. Le seul endroit où elle avait envie de vivre. Même si sa mère y avait visiblement renoncé. Deux semaines après son départ en Espagne, tante Joss avait reçu une lettre de Linda dans laquelle celle-ci annonçait qu'elle avait trouvé du travail dans un bar et qu'elle avait décidé de rester en Espagne. Sa décision avait provoqué des remous parmi l'équipe de travailleurs sociaux qui s'occupaient d'elle, mais tante Joss leur avait suggéré que c'était peut-être pour le mieux et que ça permettrait au moins à sa fille d'avoir une vie plus stable. Sa mère manquait à Dana, mais l'idée qu'elle avait trouvé une sorte d'apaisement était un grand soulagement. Elle était heureuse de vivre dans la maison que sa mère considérait comme leur héritage et elle espérait secrètement qu'avec le temps Serafina finirait par la reconnaître comme sa petite-fille.

Peu de temps après, la vie à Mannion était devenue encore plus agréable avec l'arrivée de Nicola pour les vacances d'été.

Une autre enfant malmenée par la vie, se rappela Dana. Après le divorce houleux de leurs parents, la garde de Nicola et d'Adam avait été confiée à leur père. Megan, leur mère, était partie vivre en Colombie avec le riche amant qui avait provoqué la rupture.

— Je n'ai pas le droit d'aller là-bas, avait confié Nicola, tandis que Dana lui montrait le parc à la demande de Serafina. C'est une décision du juge. Pourtant, j'avais dit que je m'entendais bien avec Esteban.

Elle avait eu une moue dépitée.

— Papa nous a proposé de passer les vacances sur un voilier, mais ça ne me dit rien parce que j'ai le mal de mer. Alors il part tout seul avec Adam et il a demandé à tante Serafina de m'accueillir ici.

— C'est un endroit très agréable, avait dit Dana d'un ton apaisant. Tu vas t'y plaire, tu verras.

Et elles avaient échangé un sourire. Dans le jardin potager, M. Godstow leur avait donné une corbeille de framboises et de groseilles, qu'elles avaient partagées dans l'abri que Dana avait construit au milieu du bosquet. Perturbées l'une et l'autre par l'instabilité de leur vie familiale, elles étaient rapidement devenues amies.

Jusqu'au moment où Zac Belisandro avait provoqué leur séparation…

Dana crispa les poings. Bientôt, elle prendrait sa revanche. Lorsque Mannion lui appartiendrait, ce serait au tour de Zac d'en être exclu. Sept ans plus tôt, il avait réussi à contrecarrer ses projets, mais depuis elle avait eu tout le temps de se préparer à cette seconde bataille. Les retrouvailles avec Nicola lors de la visite de l'appartement s'étaient déroulées au mieux. Nicola avait été visiblement très heureuse de la revoir, et de son côté elle avait partagé sa joie.

— Eddie doit retourner travailler, avait dit Nicola lorsque le couple l'avait rejointe dans le salon après une deuxième visite des lieux en tête à tête. Mais nous, si nous allions dans un bar pour une double célébration ?

— Double ?

Nicola avait eu un sourire éclatant.

— Mais oui ! Non seulement je viens de visiter l'appartement de mes rêves mais je t'ai retrouvée !

— Deux excellentes raisons de se réjouir, en effet, avait acquiescé Dana en riant. Allons-y.

— Alors, que t'est-il arrivé ? avait demandé Nicola alors qu'elles trinquaient avec leurs verres de prosecco dans un bar du quartier. Pourquoi as-tu subitement disparu, avant ta dernière année ?

Zac Belisandro ne t'a rien dit ? A voix haute, Dana répliqua d'un ton léger :

— Ça n'a pas été si soudain que ça. J'avais déjà décidé de ne pas aller à l'université. Quand cet emploi à Londres s'est présenté, je l'ai pris. C'est tout.

— Mais tu es partie sans rien dire, avait objecté Nicola, visiblement blessée. Et tu n'as jamais répondu à mes lettres. Pourtant, ta tante m'avait promis de te les faire suivre.

Sauf que tante Joss était plus loyale envers Serafina qu'envers sa propre nièce, chassée de Mannion pour un écart de conduite…

— J'ai pas mal déménagé. Tes lettres se sont sans doute perdues.

— Eh bien, maintenant que je t'ai retrouvée, je ne vais plus te laisser t'esquiver. Nous avons une réunion de famille à Mannion dans deux semaines pour discuter de l'organisation du mariage et tu seras là. Inutile de discuter, je n'admettrai aucune excuse.

— Je n'ai pas l'intention de discuter, avait assuré Dana avec sincérité.

— Jo et Emily seront là également puisque ce sont mes demoiselles d'honneur. Elles viennent avec leur petit copain. Alors, s'il y a quelqu'un dans ta vie, n'hésite pas à l'amener.

— Personne de sérieux… pour l'instant.

Nicola avait soupiré.

— J'ai l'impression d'entendre Adam. Dès que je commence à m'attacher à une de ses petites amies, il passe à la suivante. Et ce n'est pas Zac qui risque de lui donner l'exemple !

— J'imagine, avait répliqué Dana en s'efforçant de garder un ton neutre. Mais Adam n'a peut-être tout simplement pas encore rencontré la femme qu'il lui faut.

Plus tard, elle avait été assaillie par le doute. Non, c'était trop beau pour être vrai. Nicola allait l'appeler pour lui dire que le week-end avait été annulé, ou invoquer un autre prétexte. Mais c'était Eddie qui lui avait téléphoné pour lui annoncer qu'ils prenaient l'appartement, au prix demandé. Et, quand Nicola l'avait appelée à son tour quelques jours plus tard, c'était pour lui confirmer l'invitation et lui dire que tout le monde se réjouissait à l'idée de la revoir. *Y compris Adam ?* Dana n'avait pas osé poser la question à voix haute. Mais elle aurait bientôt la réponse, se dit-elle en consultant sa montre. Il était temps de regagner la maison. Elle avait traversé la moitié de la pelouse lorsqu'elle prit conscience qu'elle était observée. Un homme se tenait en haut des marches de la terrasse, immobile et silencieux. Elle sentit son cœur s'affoler. Adam…

Mais elle déchanta aussitôt. L'homme en question était beaucoup trop grand pour être Adam. Et beaucoup trop brun. Ses cheveux étaient noirs comme du jais.

Noirs comme un cauchemar.

Sauf que ce n'était pas un cauchemar. Du moins pas au sens propre. Elle était bien réveillée. Zac Belisandro n'était pas à l'autre bout du monde mais à quelques mètres d'elle.

Et il l'attendait.

2.

Non !

Ce cri horrifié resta coincé dans la gorge de Dana. Que faire ? Prendre ses jambes à son cou ? C'était très tentant mais impossible. Où irait-elle ? Et de toute façon, il était hors de question de donner cette satisfaction à Zac.

Cette fois, il ne parviendrait pas à se débarrasser d'elle. Serafina n'était plus là pour la juger indigne de rester à Mannion. Aujourd'hui, elle était l'invitée de Nicola, qui tournerait en dérision toute critique contre elle. Elle imaginait très bien sa réaction. « Voyons, Zac, ce n'est certainement pas la première fille à te faire des avances ! Où est le problème ? Et de toute façon ça remonte à très longtemps. »

Oui, très longtemps… Alors pourquoi avait-elle l'impression que c'était hier ? Dana déglutit péniblement. Zac était capable de répondre à Nicola : « En réalité, ce n'était pas moi qui l'intéressais. C'était Adam… ou plutôt cette maison. » Il pouvait faire tomber ses plans à l'eau en quelques mots… Elle prit une profonde inspiration et monta les marches.

Les mains sur les hanches, le visage impénétrable, Zac la toisa de la tête aux pieds.

— Ainsi, vous êtes de retour. Je vous aurais crue plus sensée.

— J'ai accepté l'invitation d'une vieille amie, rien de

plus. Et vous, comment allez-vous, monsieur Belisandro ? Toujours occupé à dévorer le monde ?

— A petites bouchées, mademoiselle Grantham. En prenant soin de ne pas avoir les yeux plus gros que le ventre. Une règle de conduite très judicieuse, *signorina.*

Il était vêtu d'un pantalon anthracite moulant et d'une chemise assortie, largement ouverte sur son torse hâlé. Troublée malgré elle par ce spectacle, Dana haussa les épaules en s'efforçant de prendre un air désinvolte.

— Ça dépend de l'appétit de chacun, je suppose.

— Le vôtre, si je me souviens bien, frôle la voracité. Quant au mien, si vous souhaitez en discuter, je suggère un endroit plus tranquille. Le pavillon d'été, par exemple.

Furieuse contre elle-même, Dana sentit ses joues s'enflammer.

— Toujours aussi arrogant, monsieur Belisandro. De toute évidence, vous n'avez pas changé.

C'était faux. En réalité, il avait mûri, et ça lui allait très bien. Il avait toujours été séduisant. Impossible de le nier. Mais aujourd'hui il était… sublime. Et par conséquent dangereux.

— Je n'ai jamais vu la moindre raison de le faire, rétorqua-t-il. Cependant, je suis peut-être devenu un peu plus compatissant qu'il y a sept ans. Alors laissez-moi vous donner un conseil.

Il fit un pas en avant et Dana dut faire appel à toute sa volonté pour ne pas reculer.

— Souvenez-vous soudain d'un rendez-vous urgent et rentrez à Londres. Si ça vous fait vraiment plaisir à toutes les deux, déjeunez de temps en temps avec Nicola. Mais contentez-vous de ça. Vous éviterez les ennuis.

Il fit une pause avant d'ajouter :

— Mais, si vous persistez à suivre la voie que vous avez choisie, vous le regretterez.

L'estomac noué, Dana se força à émettre un petit rire moqueur.

— Des menaces ? C'est ça, le secret de votre réussite ? Vous employez la même méthode avec vos concurrents en affaires ?

— C'est rarement nécessaire. Ils acceptent en général de se ranger à la raison. Je vous suggère d'en faire autant.

— Si un jour j'ai besoin de vos conseils, je vous le ferai savoir. D'ici là, j'ai simplement l'intention de passer un week-end agréable dans un endroit agréable. Je vous souhaite d'en faire autant, conclut-elle en se dirigeant vers la porte-fenêtre.

— Si vous cherchez Adam, il n'est pas encore arrivé. Il vient avec sa petite amie, Robina Simmons, réputée pour son manque de ponctualité.

Dana ne prit pas la peine de répondre. A son grand soulagement, le salon était vide et elle put regagner sa chambre sans encombre. Les jambes tremblantes et le cœur battant à tout rompre, elle s'assit sur le lit. Zac Belisandro était là ! Comment était-ce possible ? Et pourquoi Nicola ne l'avait-elle pas prévenue ? Parce qu'elle n'avait aucune raison de le faire, bien sûr. Pour Nicola, Zac était simplement le cousin milliardaire de Serafina et l'ami d'Adam. Quelqu'un qu'elle connaissait depuis toujours.

Alors que, pour elle, c'était l'homme qui avait tenté de gâcher sa vie sept ans plus tôt, songea Dana avec amertume. Et qui allait recommencer. Il avait été très clair. Et avec quel plaisir il lui avait annoncé qu'Adam ne venait pas seul… Mais ce n'était pas le plus inquiétant. D'après Nicola, Adam changeait souvent de petite amie. Autrefois, elle lui plaisait. Il suffisait de faire en sorte de lui plaire de nouveau aujourd'hui. Au point de le rendre amoureux et de lui donner envie de se marier. Il ne le regretterait pas. Elle serait une bonne épouse — la meilleure — et une maîtresse de maison parfaite pour Mannion, auquel elle redonnerait tout son lustre.

Même Zac Belisandro serait obligé de le reconnaître. A cette pensée, Dana tressaillit. Pourquoi se soucierait-elle de l'opinion de Zac ? Celle-ci n'avait pas plus d'importance que ses menaces. Il n'était que de passage à Mannion. Il vivait à des milliers de kilomètres et bientôt il repartirait. Alors pourquoi le laissait-elle envahir ses pensées ? Redressant les épaules, elle inspira profondément. Elle attendait depuis si longtemps le jour de son retour à Mannion que sa nervosité n'avait rien de surprenant. Il fallait juste qu'elle se détende un peu. Un bain chaud et un petit somme, rien de tel pour se remettre d'aplomb avant de s'habiller pour le dîner.

Elle avait choisi pour cette première soirée une robe de soie couleur d'ambre qui lui donnait un teint éclatant et dont la coupe sobre mettait sa silhouette en valeur. Elle la porterait avec des pendants d'oreilles en ambre serti d'or, cadeau qu'elle s'était offert avec sa première prime pour marquer le moment où elle avait recommencé à croire en elle et acquis la conviction qu'elle réussirait là où sa mère avait échoué. Une conviction qui s'était muée en détermination farouche. Non qu'épouser Adam s'annonce comme une épreuve pénible. Au contraire, songea-t-elle en se rendant à la salle de bains.

Une fois allongée dans l'eau chaude, elle étudia son corps comme s'il appartenait à une étrangère. En essayant de le regarder à travers les yeux d'un homme. Quelle impression aurait Adam la première fois qu'il la verrait nue ? Serait-il heureux de découvrir qu'elle avait préservé son innocence pour lui ? Une décision qui avait posé des problèmes avec les hommes qu'elle avait fréquentés au cours des sept dernières années. Beaucoup avaient mal réagi quand ils avaient compris que son « non » voulait vraiment dire « non ». « Phobique de l'engagement » ou « frigide » faisaient partie des accusations qui étaient revenues le plus fréquemment.

Adam, lui, n'aurait aucune raison de lui faire des reproches, se dit-elle en sortant du bain.

Après s'être essuyée, elle s'enduisit de lotion parfumée. Un homme intrigué par ce parfum — son préféré —

devrait être tout près d'elle pour en apprécier pleinement la subtilité. Or elle avait bien l'intention d'attirer Adam tout près d'elle, quel que soit le nombre de petites amies pendues à ses basques…

Elle était de retour dans sa chambre, en train d'appliquer une dernière couche de mascara sur ses cils, quand Nicola frappa à la porte.

— Dana, je suis vraiment désolée, déclara-t-elle en promenant autour d'elle un regard contrit. Quand Zac a annoncé qu'il serait là, tante Mimi a décidé de lui donner la chambre que j'avais choisie pour toi. Et la maison est pleine, si bien que je ne peux pas t'en proposer une autre.

— Ça n'a pas d'importance, ne t'inquiète pas. Vous n'attendiez pas Zac ? demanda Dana d'un ton léger en rangeant sa trousse de maquillage.

— Pas ce week-end. Il est venu plus tôt que prévu parce que son père a été opéré du cœur. Apparemment, ça s'est bien passé. Il doit être soulagé.

— Et il ne s'est pas senti obligé de repartir aussitôt pour s'assurer que Belisandro Australasie n'avait pas fait faillite en son absence ? plaisanta Dana en feignant d'étudier ses ongles impeccables.

— Non, Melbourne, c'est fini. Il va rester en Europe en attendant de prendre la direction du groupe quand son père partira à la retraite, ce qui ne saurait tarder. Il sera basé à Londres, si bien que nous le verrons beaucoup plus souvent.

L'espace d'un instant, Dana eut l'impression que le plancher se dérobait sous ses pieds. Elle déglutit péniblement.

— Ah, je vois. Et… comment s'est passée la visite à l'église ?

— Merveilleusement bien ! C'est décidé, nous nous marions ici. Je ne sais pas ce que papa va dire, mais tant pis.

— Il doit venir ?

Nicola soupira.

— Oui, et malheureusement il amène l'horrible Sadie.

Momentanément distraite de ses problèmes, Dana adressa un regard compatissant à Nicola. Au cours des vacances en voilier qui avaient suivi son divorce, Francis Latimer avait décidé qu'il avait découvert sa véritable vocation. A la grande consternation de toute la famille, il avait laissé tomber un poste important dans une multinationale pour acheter un club de voile et de plongée dans les îles grecques. Une affaire qui périclitait et qu'il avait transformée à force de travail et de volonté en entreprise florissante.

A cette occasion, il avait rencontré Sadie, une Australienne qui travaillait pour un des tour-opérateurs qui lui fournissaient des clients. Ce qui avait commencé comme un amour d'été s'était prolongé pendant tout l'hiver et au-delà. Sadie était pétulante, énergique et convaincue que les enfants de son Frankie feraient rapidement ses quatre volontés. Ses attentes ayant été déçues, elle était devenue de plus en plus désagréable et les vacances en famille s'étaient transformées en cauchemar. Finalement, Nicola et Adam avaient pris l'habitude de venir à Mannion pendant presque toutes les vacances, tandis que leur père passait tous ses hivers dans le Queensland, où il gérait une société de location de voiliers avec skippers en association avec Craig, le frère de Sadie.

— Au moins, tu vas le revoir, commenta Dana pour consoler Nicola. Et ta mère, tu as des nouvelles ?

— Une lettre de temps en temps, pour nous dire qu'elle est heureuse et compte rester là où elle est. Et toi ?

— A peu près la même chose, sauf que les nouvelles me parviennent par l'intermédiaire de tante Joss.

Apparemment, Linda évitait les contacts directs avec sa fille parce qu'elle lui rappelait des souvenirs douloureux. On avait conseillé à Dana de l'accepter et d'attendre que sa mère renoue avec elle. Si cela arrivait un jour.

Dana s'était résignée, tout en caressant l'espoir de retrouver sa mère le jour où elle pourrait lui annoncer qu'elle avait repris Mannion, comme promis. Peut-être découvrirait-elle alors la femme qu'elle n'avait jamais eu l'occasion de connaître. Celle qui était heureuse et pleine d'espoir avant la mort de Jack Latimer. Une jeune femme dynamique et enjouée qui travaillait au Royal Oak.

— C'était l'âme du pub, lui avait dit un jour Betty Wilfrey, la cuisinière. Réception, bar, entretien des chambres, elle faisait tout avec le même enthousiasme. Ça n'a plus jamais été pareil après son départ. Pas étonnant que Bob Harvey soit parti lui aussi moins d'un an plus tard.

Oui, elle souhaiterait connaître un jour cette femme… La gorge nouée, Dana se leva.

— Si nous descendions ?

— Oui, allons-y. Adam vient juste d'arriver. Sans Robina, parce qu'ils se sont querellés.

Dana réprima un sourire. *Enfin une bonne nouvelle !*

Avant le dîner, du champagne était servi sur la terrasse. Par Zac Belisandro, très élégant en costume anthracite et cravate de soie rubis. Il tendit une flûte à Dana tout en promenant sur elle un regard nonchalant qui s'attarda sur ses seins. Assaillie par des souvenirs cuisants, elle répondit avec soulagement à l'appel de Nicola et la rejoignit pour saluer ses anciennes camarades d'école Joanna et Emily, ainsi que leurs fiancés respectifs.

Eddie insista ensuite pour lui présenter ses parents, un couple charmant visiblement très uni et très heureux pour leur fils. Ils écoutèrent avec une patience bienveillante les lamentations de Mimi Latimer concernant la défection de Robina et le bouleversement du plan de table qui en résultait.

— Ça n'a aucune importance, assura Mme Marchwood d'un ton apaisant. Après tout, c'est un dîner de famille.

Mlle Latimer acquiesça, mais le regard qu'elle lança à Dana démentait cette affirmation.

Quelle importance ? Une seule chose comptait. Adam venait de faire son apparition sur la terrasse, vêtu d'un costume de lin crème et d'une chemise à col ouvert aussi bleue que ses yeux, un large sourire aux lèvres. L'absence de Robina ne semblait pas le contrarier outre mesure, songea Dana avec satisfaction. Lorsqu'il la vit, il s'immobilisa, les yeux écarquillés.

— Mon Dieu, je n'y crois pas !

Il se tourna vers sa sœur.

— Nic, petite cachottière, c'est ça, la surprise que tu m'avais promise !

Il s'approcha de Dana et lui prit le visage à deux mains.

— Où étais-tu cachée pendant tout ce temps ? Combien de temps, exactement ?

Elle aurait pu le lui dire à la minute près, mais Mimi Latimer ne lui laissa pas le temps de céder à la tentation.

— Elle vend des appartements hors de prix à Londres, et Nicola et Edward viennent d'en acheter un, apparemment. J'espère qu'ils ont demandé une expertise.

— Oui, avant de faire leur offre, déclara Dana d'une voix suave. Bonjour, Adam, c'est un plaisir de te revoir.

— Plaisir partagé, répondit-il avec un large sourire. Je me suis souvent demandé ce que tu étais devenue.

Alors pourquoi n'as-tu pas essayé de me retrouver ? Au lieu de lui poser cette question, Dana lui rendit son sourire.

— Oh ! je n'ai jamais été très loin. Tu ne peux pas savoir à quel point je suis heureuse d'être de retour ici. J'ai tellement de souvenirs…

— Encore du champagne ?

Surgissant à côté d'eux comme un fantôme sinistre, Zac remplit la flûte qu'elle avait posée sur une table.

— Pour célébrer ces joyeuses retrouvailles.

Il espérait qu'elle allait trop boire et se ridiculiser. Eh bien, il allait être déçu. Dès qu'il aurait le dos tourné, elle se débarrasserait discrètement de ce surplus de champagne, décida-t-elle.

Mais elle eut beau attendre, Zac ne s'éloignait pas. Sans vraiment la suivre, il n'était jamais très loin. Mais n'avait-ce pas toujours été le cas ? Eh bien, ce week-end, elle s'en accommoderait. Elle ne pourrait peut-être pas prendre ses distances physiquement — du moins pas avant d'être devenue la maîtresse de maison et d'avoir le contrôle de la liste des invités —, mais elle allait le chasser de son esprit une fois pour toutes.

Elle allait enfermer ce qui s'était passé sept ans plus tôt dans une boîte et jeter celle-ci dans la fosse des Mariannes ou un autre gouffre du même genre. N'était-ce pas ce que recommandaient les thérapeutes ? Ça n'avait peut-être pas marché pour sa mère, mais elle allait faire en sorte que ça marche pour elle.

Elle but quelques petites gorgées de champagne avec la soupe froide au concombre et les filets de sole pochés, puis elle accepta un demi-verre de bordeaux pour accompagner la côte de bœuf. Elle avait été placée entre Greg et Chris, les fiancés des demoiselles d'honneur, très loin d'Adam, qui présidait la table, mais suffisamment près de Mlle Latimer, assise à l'autre bout, pour entendre ses récriminations.

— Quel dommage que Robina ne soit pas avec nous, déclara-t-elle lors d'une pause dans la conversation. Je sais que le manque de ponctualité peut être agaçant, mais j'ai entendu dire que la reine mère elle-même n'était jamais à l'heure dans sa jeunesse.

Le visage d'Adam s'assombrit et Dana dut se retenir pour ne pas pouffer. De l'autre côté de la table, Zac l'observait, constata-t-elle au même instant. Avec dans les yeux une lueur malicieuse indiquant qu'il partageait son amusement… Mais pourquoi était-elle incapable de détacher son regard du sien ? Comme si elle était hypnotisée… A son grand dam, elle fut parcourue d'un long frisson. Se mordant la lèvre, elle se força à rompre le charme et baissa les yeux sur son assiette. Elle ne pouvait pas se permettre le moindre contact avec lui, même le plus insignifiant. Il fallait absolument éviter tout ce qui pouvait compromettre ses plans. Elle se tourna avec soulagement vers Chris, qui s'adressait à elle.

— Je n'ai jamais vu une maison aussi incroyable. Il y a même une salle de billard. En y entrant, je m'attendais presque à y trouver le colonel Moutarde ! D'après ce qu'on m'a dit, Nic et vous avez grandi ici ensemble ?

— Pas du tout, objecta Mlle Latimer d'un ton acerbe. La tante de Dana était gouvernante ici.

— En effet, acquiesça Dana en souriant. Et il me semble que c'est sa version du sabayon au citron que nous sommes en train de manger. Elle a dû laisser la recette pour celle qui lui succéderait.

— Il y en a eu plus d'une, intervint de nouveau Mimi Latimer. Il est impossible de trouver des domestiques fiables, de nos jours. Les gens ne savent plus rester à leur place.

— Si, ils savent, répliqua Dana d'un ton posé. La différence, c'est qu'aujourd'hui ils ont tendance à la choisir.

Mimi se hérissa et Greg s'empressa de déclarer :

— Adam disait qu'il y avait une orangerie autrefois, mais qu'il l'avait transformée en piscine.

L'orangerie avait disparu ? Dana s'efforça de masquer son effarement. C'était la grande fierté de Serafina. Connaissait-elle les intentions d'Adam quand elle lui avait donné Mannion ? Et, si oui, comment avait-elle pu accepter ce sacrilège ? Si elle n'avait pas été renvoyée, si elle était restée ici avec Adam, elle aurait trouvé un moyen de le faire changer d'avis.

— Tu parles d'une orangerie, commenta Adam en reprenant du dessert. Je ne me souviens pas y avoir jamais vu un seul oranger. J'ai décidé qu'une piscine serait plus utile.

Pragmatique, songea Dana. Mais déprimant. Et, s'il voulait vraiment détruire quelque chose, elle aurait préféré qu'il choisisse le pavillon d'été... Elle frissonna de nouveau et Chris s'en aperçut.

— Vous avez froid ? demanda-t-il, visiblement surpris.

— Non, j'ai juste un peu mal à la tête, improvisa-t-elle précipitamment. Il y a peut-être de l'orage dans l'air.

La moue sarcastique de Zac accrut son malaise. De toute évidence, l'orage était déjà là. Prêt à s'abattre sur elle.

3.

Après le dîner, deux groupes se formèrent. Les hommes se rendirent dans la salle de billard pour faire une partie, tandis que les femmes se réunissaient dans le salon pour boire le café en discutant du mariage prochain.

Dana s'était déjà résignée. Elle n'aurait pas l'occasion ce soir de discuter en tête à tête avec Adam. Pas avec Zac dans les parages. Et, pour tout arranger, elle commençait à avoir vraiment mal à la tête. Ça lui apprendrait à s'inventer une migraine… Elle s'excusa et monta se coucher.

Il faisait une chaleur éprouvante dans la petite chambre malgré la fenêtre ouverte. Bien que nue sous un simple drap, Dana avait l'impression d'étouffer. Par ailleurs, sa migraine était de plus en plus forte. Le stress, sans aucun doute. Et elle savait exactement qui en était responsable… Après avoir avalé deux comprimés d'ibuprofène trouvés dans le placard de la salle de bains, elle finit par tomber dans un sommeil agité. Un grondement de tonnerre la réveilla un peu plus tard. Un courant d'air froid balayait la pièce et la pluie tombait à verse.

Elle se leva en maugréant, ferma la fenêtre et mit sa chemise de nuit en coton. A quoi allait-elle encore avoir droit ce soir ? Elle n'allait plus fermer l'œil jusqu'à la fin de l'orage, ni peut-être même de la nuit. Alors que demain, journée cruciale, elle aurait besoin de toute son énergie. Elle n'avait pas apporté de livre, mais au rez-de-chaussée, dans la pièce qui était autrefois le bureau de Serafina, elle trouverait sans doute le journal du jour et quelques magazines qui lui permettraient de s'occuper jusqu'à ce que le calme revienne. Elle enfila son peignoir et descendit au rez-de-chaussée. La maison était silencieuse, comme si elle était la seule à être perturbée par l'orage. Elle ouvrit la porte du bureau, traversa la pièce dans la pénombre et alluma la lampe posée sur la grande table en chêne.

— *Buongiorno.*

Elle laissa échapper un cri étranglé et pivota sur elle-même, le cœur battant à tout rompre. Zac était assis dans la bergère à oreilles située à côté de la cheminée éteinte. Toujours vêtu de son costume, son manteau et sa cravate posés par terre à côté de lui.

— Que faites-vous ici ? demanda-t-elle d'une voix mal assurée.

Il se leva et passa la main dans ses cheveux d'un geste nonchalant.

— J'avais besoin de m'isoler pour réfléchir, mais apparemment je me suis endormi. Jusqu'à ce que vous déclenchiez cet orage, ma petite sorcière. Je suis resté pour admirer le spectacle. Et vous ? Vous êtes descendue pour danser entre les gouttes ?

— Très drôle.

Elle prit sur la table le premier magazine à portée de main.

— Vous pouvez vous replonger dans la contemplation. Je ne vous dérange pas plus longtemps.

— Si seulement… Mais vous savez aussi bien que moi que ce n'est pas si simple, dit-il d'une voix douce.

— Je ne vois pas ce que vous voulez dire.

Troublée par le regard pénétrant de Zac, Dana déglutit péniblement. Si seulement son peignoir était plus épais… Si seulement elle n'était pas obligée de passer juste à côté du fauteuil pour ressortir… Si seulement elle était restée tranquillement dans sa chambre !

— Réfléchissez-y, suggéra-t-il de la même voix douce.

Au même instant, un éclair illumina la pièce et la lampe s'éteignit. D'abord éblouis, ils se retrouvèrent presque aussitôt dans le noir complet.

— Que s'est-il passé ? s'exclama Dana, les nerfs à fleur de peau.

— Une coupure de courant. Le réseau électrique local est malmené par l'orage. Ça arrive souvent, comme vous vous en souvenez sans doute.

Oui, elle s'en souvenait, mais pourquoi fallait-il que ça arrive précisément à cet instant ?

— Je ferais mieux de regagner ma chambre.

— Pourquoi cette précipitation ? Après tout, ce n'est pas la première fois que nous nous retrouvons seuls tous les deux dans l'obscurité.

Comme si elle l'avait oublié ! Elle réprima un frisson. Ce n'était pas une situation qu'elle pouvait se permettre de revivre... Zac n'avait pas bougé. Elle l'aurait juré, et pourtant elle avait l'impression qu'il était soudain plus près d'elle. Comme si les murs de la pièce se resserraient autour d'eux... Il fallait absolument qu'elle sorte. C'était vital.

Elle fit un pas en direction de la porte et se prit les pieds dans le manteau posé par terre. Elle perdit l'équilibre et bascula en avant avec un cri étranglé. Deux mains se refermèrent sur ses épaules et l'empêchèrent de tomber. Puis deux bras se refermèrent sur elle et elle fut assaillie par les effluves d'un parfum familier. Il portait toujours le même, après tout ce temps... Les bras de Zac se resserrèrent autour d'elle.

Prise de panique, elle se débattit.

— Lâchez-moi immédiatement !

Il étouffa un juron et s'écarta d'elle. Un nouvel éclair illumina la pièce et elle en profita pour se précipiter vers la porte. Elle traversa le hall en courant et monta l'escalier quatre à quatre en s'agrippant à la rampe de chêne. Elle trébucha deux fois, haletante. L'avait-il suivie ? Etait-il derrière elle, silencieux comme un chat dans l'obscurité ?

Si elle sentait sa main se poser sur son épaule, aurait-elle assez de souffle pour crier ? Et, si oui, que dirait-elle si quelqu'un venait voir ce qui se passait ? Comment pourrait-elle s'expliquer alors que la seule véritable explication devait rester secrète pour toujours ?

Arrivée dans sa chambre, elle ferma la porte à clé, ramassa le couvre-lit qu'elle avait fait tomber par terre dans son sommeil et s'enroula dedans. Elle resta un long moment immobile, allongée sur le lit, à attendre que son cœur et sa respiration s'apaisent. Mais ce cocon improvisé ne la protégeait pas des frissons qui la parcouraient ni des souvenirs indésirables qui se faisaient de plus en plus insistants. Pour s'en libérer, peut-être devait-elle les affronter et laisser ses pensées la ramener sept ans plus tôt.

Elle n'aurait même pas dû se trouver à Mannion, cet été-là.

Quelques semaines avant les vacances, tante Joss vint à la pension pour annoncer à Dana les dispositions qu'elle avait prises pour elle.

— Mon amie Mme Lewis t'a trouvé un travail par l'intermédiaire de son agence de placement. Une certaine Mme Heston a besoin d'une jeune fille au pair pour s'occuper de ses enfants. Une fille de huit ans et des jumeaux de trois ans. Tu vivras au sein de la famille et tu disposeras du temps nécessaire pour faire tes devoirs de vacances.

— Mais je ne veux pas passer mes vacances avec des étrangers ! protesta Dana. Nicola compte bien que j'irai à Mannion avec elle. Il y a des tas de gens qui vont venir et plusieurs fêtes prévues. Dont l'anniversaire d'Adam.

— Merci, je suis parfaitement au courant du programme des réjouissances, étant donné que c'est moi qui ferai le plus gros du travail.

— Si je suis là, je pourrai t'aider.

— Non. Jusqu'à présent, vous vous êtes bien entendues,

Nicola et toi, mais vous n'êtes plus des enfants et vous allez avoir des vies très différentes. Surtout à partir du moment où Mme Latimer quittera Mannion.

Parce qu'elle avait donné le domaine à Adam... Dana réprima un soupir. Comme si elle n'était pas au courant. Comme si cette idée n'occupait pas toutes ses pensées depuis qu'elle avait appris que sa mère était privée de son héritage. Toutes les nuits, dans son lit, elle cherchait désespérément une solution. Elle élaborait puis rejetait toutes sortes de scénarios, pour toujours en revenir à Adam.

Pendant longtemps, elle n'avait été pour lui que la camarade de classe de sa petite sœur, et elle n'avait jamais imaginé que ça pourrait changer. C'était pourtant ce qui était arrivé quelques années plus tôt, grâce à Nicola. Adam était venu à Mannion avec des amis pendant les vacances et un tournoi de tennis avait été improvisé. Il avait proposé à Nicola de faire équipe avec lui mais elle avait refusé.

— Tu ferais mieux de demander à Dana, avait-elle conseillé. Elle joue dans l'équipe de l'école et elle est cent fois meilleure que moi.

Si Adam avait été surpris de se voir imposer la nièce de la gouvernante, il l'avait poliment caché. Reconnaissante, elle avait donné le meilleur d'elle-même et ils avaient terminé seconds.

— Vous auriez dû gagner, avait commenté Zac Belisandro, qui avait assisté aux derniers matchs.

Il avait regardé Adam.

— Tu es monté trop souvent au filet et ça vous a fait perdre des points.

Dana s'était hérissée. Zac était peut-être le cousin de Serafina ainsi qu'un homme d'affaires redoutable, mais elle ne supportait pas la désinvolture avec laquelle il semblait traverser la vie comme si elle n'était qu'un jeu créé pour son propre divertissement. Elle s'efforçait de l'éviter quand il se trouvait à Mannion, ce qui était beaucoup trop fréquent à son goût.

— Ce n'est pas la faute d'Adam ! avait-elle protesté avec feu. Il a joué comme ça parce qu'il sait que la volée n'est pas mon point fort.

Zac l'avait regardée un instant en silence, puis il avait arqué un sourcil narquois.

— Je vois…

Il s'était tourné vers Adam avant d'ajouter :

— Serafina te rappelle que le thé est servi sur la terrasse.

— Viens, mon avocate, mon soutien, avait déclamé Adam en passant un bras autour des épaules de Dana. Nous allons prendre le thé, avec des fraises à la crème, même si nous ne sommes pas à Wimbledon.

Ravie, elle s'était laissé entraîner vers la terrasse. Cet été-là et les deux suivants, ils avaient souvent joué au tennis ensemble, et leurs liens s'étaient resserrés. Lorsqu'elle avait atteint l'âge de dix-sept ans, ses rondeurs et ses boutons d'adolescente n'étaient plus qu'un souvenir et le regard qu'Adam posait sur elle avait commencé à changer. Il avait visiblement constaté qu'elle était devenue une femme. Et il avait scellé cette découverte au nouvel an par un baiser sous le gui à un moment où contre toute espérance ils s'étaient retrouvés seuls. Un baiser grisant qui s'était prolongé un long moment.

— Mon Dieu, avait-il murmuré d'une voix rauque. Tu es pleine de surprises, Dana, ma douce. Et j'ai très envie de toutes les explorer.

Puis il s'était écarté d'elle précipitamment, un bruit de voix annonçant la fin de ce moment d'intimité. Il y en aurait d'autres, avait-elle songé, transportée. Peut-être à Pâques…

Mais, à Pâques, Adam n'était pas venu à Mannion.

— Il est parti faire du surf en Cornouailles avec Zac et d'autres amis, avait expliqué Nicola d'un ton désinvolte.

Pas uniquement des hommes, avait deviné Dana. Elle savait par Nicola qu'Adam avait des petites amies — beaucoup — à Londres, même s'il ne les amenait jamais à Mannion.

— Parce que Serafina ne permettrait pas qu'ils partagent la même chambre, avait confié Nicola en gloussant. Elle est très stricte dans ce domaine. Et Adam n'a pas envie de la contrarier… surtout maintenant.

Pourquoi surtout maintenant ? s'était demandé Dana avec perplexité. Elle avait eu la réponse peu après, lorsque tante Joss lui avait annoncé que Serafina avait décidé de faire donation de Mannion à Adam. Cette nouvelle l'avait consternée, mais elle avait refusé de se laisser abattre. Puisque sa mère était privée de son héritage au profit d'Adam, c'était par l'intermédiaire de ce dernier qu'il fallait le récupérer. Les vacances d'été seraient l'occasion idéale d'approfondir ses relations avec lui, avait-elle décidé.

Et tante Joss voulait qu'elle passe huit semaines chez des étrangers à courir après trois enfants ? Impensable.

Il lui fallait un miracle.

Ce dernier se produisit quelques jours après la visite de tante Joss. Lorsqu'elle fut convoquée chez la directrice de l'agence de recrutement, Dana se prépara plutôt à passer un moment désagréable. Mais, en ressortant du bureau, elle était si heureuse qu'elle faillit faire la roue dans le couloir.

— Les jumeaux Heston ont la varicelle et toute la famille est en quarantaine parce que personne ne l'a eue… Et moi non plus, je ne l'ai pas eue ! annonça-t-elle à Nicola avec jubilation.

— Oh ! quelle bonne nouvelle ! Ça aurait été si triste, Mannion sans toi… Maintenant, on est sûres de passer des vacances fantastiques !

Oh ! oui, avait-elle songé, vibrante d'excitation. Elle avait bien l'intention de passer des vacances fantastiques… avec Adam.

*
* *

Elle était très sûre d'elle, ce jour-là, se souvint Dana. Comme elle avait tort !

L'orage s'éloignait et les roulements de tonnerre étaient

de plus en plus faibles. Elle se leva et se mit à la fenêtre, aspirant de grandes goulées d'air. Elle approcha l'unique fauteuil et s'assit, les bras croisés sur le rebord. Toujours l'obscurité totale. Pas de lune. Pas même une seule étoile.

Et pourtant elle pouvait voir le pavillon d'été aussi distinctement que s'il était illuminé. Tout en bois avec un toit de chaume, et sur la véranda la chaise longue et le repose-pieds en rotin de Serafina, qui aimait particulièrement cet endroit avec sa vue sur la maison et sur le parc.

D'épais volets en bois devant les fenêtres non vitrées et une large porte. A l'intérieur, une petite table sur laquelle était posé un plat en poterie contenant un assortiment de bougies chauffe-plats. Contre un mur, des chaises pliantes, face à la porte, un énorme canapé usé, avec à ses pieds un tapis aussi ancien que lui.

Quand Nicola et elle étaient devenues trop grandes pour leur cabane sous les arbres, elles avaient eu la permission d'y jouer lorsque Serafina n'y allait pas. Sous certaines conditions. Le laisser propre et bien rangé, ne pas allumer les bougies, fermer les volets en partant — « écureuils », avait expliqué succinctement Nicola —, verrouiller la porte et rapporter la clé dans la maison où elle avait son crochet dans le dressing.

Le respect de ces règles était un faible prix à payer pour toutes ces journées d'été passées à s'inventer des aventures extraordinaires. Plus tard encore, alors qu'elles étaient devenues adolescentes et que leurs fantasmes avaient changé, elles avaient continué à y aller de temps en temps pour pique-niquer.

Cet été-là, elle se faisait une joie d'y retourner. Avec Nicola, mais aussi avec Adam, espérait-elle. C'était compter sans tante Joss, qui n'avait pas renoncé à lui trouver une occupation.

De nouveau, Dana fut ramenée sept ans en arrière.

*
* *

— Il n'est pas question que tu prennes le risque d'attraper la varicelle, mais ce n'est pas une raison pour que tu traînes ici pendant des semaines sans rien faire, avait décrété tante Joss. Mme Sansom, du Royal Oak, a accepté de t'engager pour aider au ménage dans les chambres et au service. Uniquement à table, bien sûr. Tu n'as pas l'âge de travailler derrière le bar. Tu toucheras un petit salaire et tu pourras garder les pourboires. Ta journée se terminera après le repas de midi.

Dana faillit pleurer de dépit. Même la perspective de gagner un peu d'argent n'adoucissait pas celle de devenir la bonne à tout faire de Mme Sansom, réputée pour son exigence démesurée !

Pire encore, Janice Cotton, toujours la première à la malmener lorsqu'elle était à l'école du village, travaillait en cuisine au Royal Oak. Et, si par malchance Adam et ses amis décidaient un jour de déjeuner dans le jardin du pub, elle serait obligée de les servir vêtue d'une blouse rose hideuse avec un chêne vert fluo imprimé sur la poitrine. En comparaison, être jeune fille au pair, c'était le paradis…

Le lendemain matin, la mort dans l'âme, Dana se rendit au village à vélo pour son premier jour de travail. La première personne qu'elle rencontra fut Janice.

— Tiens, tiens, voilà mademoiselle la princesse… Ils en ont assez, de tes grands airs, au domaine ? Ils t'envoient vivre à la dure chez les ploucs ? Tu m'excuseras de ne pas te faire la révérence.

Dana gara son vélo sans répondre. Se mordre la langue risquait fort de devenir une habitude. Et s'épuiser à la tâche également, découvrit-elle très vite. Sa première rencontre avec Mme Sansom ne lui avait pas remonté le moral. Celle-ci « ne plaisantait pas sur l'organisation », selon son expression favorite. Et son ton suggérait que tout tire-au-flanc ferait l'objet de représailles. De fait, travailler au Royal Oak exigeait rapidité et efficacité. Les chambres devaient être libérées à 10 heures, mais cet horaire était rarement respecté. Tous les jours, c'était la course pour faire le ménage, descendre le linge avant le passage de la camionnette de la blanchisserie, astiquer le bar, laver le sol, mettre en place les parasols dans le jardin, vérifier que les cendriers étaient propres… Puis se laver le visage et les mains, se recoiffer et mettre une blouse propre avant de commencer le service du déjeuner.

Simultanément, Dana devait rester en permanence sur ses gardes quand Janice était à proximité. Il se passait rarement un jour sans qu'un « accident » — le plus souvent un coup de coude au moment où elle versait du jus de fruit dans une carafe ou de la soupe dans des bols — l'oblige à changer de blouse, ce qui ne manquait pas de lui attirer des remontrances.

— Vous êtes vraiment d'une maladresse incroyable, commenta sèchement Mme Sansom le jour où Dana fut obligée de lui montrer que la seule blouse propre qui lui restait était mystérieusement déchirée au niveau de l'emmanchure. Comment est-ce arrivé ?

— Je ne sais pas, madame Sansom.

Même si j'ai de fortes présomptions…

— Eh bien, pour une fois, vous servirez sans blouse, mais tâchez de faire plus attention à l'avenir, sinon, je serai obligée d'en parler à votre tante. Ces uniformes coûtent cher, vous savez. Vous pouvez vous estimer heureuse que je ne déduise pas ces dégâts de votre salaire.

Mais ce jour-là, Betty Wilfrey, la cuisinière, qui avait laissé passer les incidents précédents sans faire de commentaires, avait visiblement décidé que la coupe était pleine. Elle avait pris Janice à part pour lui « dire deux mots ». Dana connut un répit.

Suivit une accalmie d'une semaine ou deux. Puis un jour, après une matinée éreintante, alors que le thermomètre avoisinait les 28 °C, que l'hôtel était plein et que le nombre de couverts avait atteint un chiffre record, Dana sortit encore plus tard que d'habitude, longtemps après la fermeture de la cuisine. Et constata que son vélo avait disparu.

— Je n'y crois pas…

Dans l'espoir qu'il avait juste été caché dans les environs, elle fouilla toutes les dépendances. En vain. Résistant à la tentation de s'asseoir par terre et de pleurer, elle inspira profondément. Inutile d'aller chez Janice, qui habitait à plus d'un kilomètre, décida-t-elle. Cette peste ferait l'innocente… Furieuse, elle partit à pied. Elle marchait depuis vingt minutes quand une voiture décapotable s'arrêta à sa hauteur.

— Bonjour, dit Zac Belisandro. Ne fait-il pas un peu trop chaud pour se promener à pied ?

— Ce n'était pas prévu, répliqua-t-elle en regardant droit devant elle.

Un coup d'œil furtif lui avait permis de constater qu'il était vêtu d'un short blanc et d'une chemise rouge ouverte pratiquement jusqu'à la taille. Une vision curieusement troublante.

— Vous avez un vélo, il me semble.

Comment le savait-il ? se demanda-t-elle aussitôt avec perplexité.

— Il a disparu. Quelqu'un a dû… l'emprunter.

— Sans votre autorisation ?

Elle haussa les épaules.

— Apparemment. De toute façon, marcher me fait du bien.

J'ai les pieds en feu, mais quelle importance ?

— Ça m'étonnerait, objecta Zac en ouvrant la portière passager. Montez.

— Non, merci, ce n'est vraiment pas la peine de vous déranger.

— Ce qui me dérangerait, c'est de devoir descendre pour vous mettre moi-même dans la voiture. Rendez-nous service à tous les deux et montez.

Dana obéit de mauvaise grâce et attacha tout de suite sa ceinture de crainte qu'il décide de le faire à sa place.

— Et ne boudez pas, ajouta-t-il.

— L'idée que je pourrais ne pas avoir envie de rentrer en voiture avec vous ne vous a pas effleurée, monsieur Belisandro ?

Elle se maudit aussitôt. Pourquoi cette voix de gamine agressive alors qu'elle avait voulu prendre un ton très digne ?

— Si c'est le cas, vous ne souffrirez pas trop longtemps, puisque nous n'avons que quelques kilomètres à parcourir.

Zac fit une pause avant de poursuivre.

— Cependant, je soupçonne que vous ne savez pas encore exactement ce que vous voulez. Et je pense que vous devriez éviter les souhaits inconsidérés.

La chaleur ambiante sembla soudain se répandre dans les veines de Dana. Au même instant, la voiture prit de la vitesse et elle pencha malgré elle la tête en arrière, offrant son visage à la caresse bienfaisante de l'air.

— J'ai juste égaré mon vélo, répliqua-t-elle. Je n'ai pas besoin de suivre une thérapie.

Zac eut la moue narquoise qui avait le don de la hérisser.

— Je voulais juste vous rendre service, mais je ne vois aucun inconvénient à changer de sujet. Savez-vous qui a emprunté votre vélo ?

— Je pense que c'est Janice Cotton, qui travaille en cuisine au pub. Elle a sans doute voulu me faire une farce, ajouta-t-elle d'un ton délibérément désinvolte.

Inutile d'entrer dans les détails. Elle n'avait aucune envie de raconter sa vie à Zac Belisandro. D'ailleurs, elle n'aurait même pas dû répondre à sa question.

— Elle a un sens de l'humour très particulier, commenta-t-il, visiblement surpris.

— Oh ! comme tous les Anglais. Nous sommes un peu excentriques, vous savez.

— Vous-même, vous vous considérez comme excentrique ?

— Oui, pourquoi ?

— Parce que j'entrevois l'avenir que vous vous êtes choisi, et il me semble plutôt conformiste. Vous avez décidé de vous enraciner alors que vous pourriez vous envoler.

Dana se raidit. Que voulait-il dire ?

— Je ne sais pas de quoi vous parlez. De toute façon, vous ne savez rien de moi. Vous n'avez rien sur quoi vous baser pour échafauder des hypothèses.

— Esope a écrit une fable sur un petit chien, qui a confondu le rêve et la réalité. Et qui par cupidité a perdu ce qui lui était le plus précieux.

Zac fit une pause avant d'ajouter :

— Ce serait dommage qu'il vous arrive la même chose, Dana *mia*.

Dans le silence tendu qui suivit, la voiture atteignit le haut de la colline, et Mannion apparut en contrebas. Familier, splendide.

Ce qui m'est le plus précieux, c'est toi, songea Dana. *Je suis prête à tout pour te conquérir et te garder.*

— Je ne crois pas aux fables, monsieur Belisandro. Si je commets des erreurs, je les assumerai. Vous pouvez garder vos conseils, c'est la dernière chose dont j'ai besoin. Et je ne suis pas *votre* Dana, ajouta-t-elle avec force.

Zac marmonna quelque chose, puis le silence s'installa de nouveau dans la voiture.

Ce fut seulement lorsqu'elle fut enfin seule dans sa chambre qu'elle comprit rétrospectivement les paroles à peine audibles qu'il avait prononcées. « Pas encore. » Non, c'était impossible ! se dit-elle aussitôt, la gorge sèche. Il ne pouvait pas avoir dit ça…

Mais peu importait. Elle ne voulait plus penser à lui.

4.

Tante Joss considéra Dana d'un air effaré.

— Tu ne trouves plus ton vélo ? Décidément, Mme Sansom as raison. Tu es d'une négligence incroyable ! Eh bien, tu n'as plus qu'à te lever une heure plus tôt demain matin pour aller au pub à pied. Et, après le travail, tu prendras le bus pour aller voir en ville ce que les cycles Shaw proposent comme vélos d'occasion. En espérant que ça te servira de leçon.

Dana réprima un soupir. Comme si elle n'avait pas déjà reçu assez de leçons pour la journée ! Dire qu'avec ses économies elle comptait s'acheter des vêtements plus sexy que ceux jugés convenables par sa tante… Avec en tête de liste une tenue pour la fête d'anniversaire d'Adam. Il lui fallait une paire de sandales à talons et un petit haut pour aller avec la jupe courte à fleurs blanches sur fond vert qu'elle avait confectionnée en cours de couture au dernier trimestre. Elle avait également prévu de prendre rendez-vous dans le meilleur salon de coiffure de la ville pour un changement de look au lieu de la coupe habituelle chez le coiffeur du village. Et voilà que tout ça tombait à l'eau alors qu'elle n'avait strictement rien à se reprocher. Quelle injustice !

Et, comme si ça ne suffisait pas, elle était profondément perturbée par sa rencontre avec Zac. Elle avait beau se répéter que tout ce qu'il lui avait dit se réduisait à des conjectures, ça ne suffisait pas à la rassurer. Oh ! pourquoi n'était-ce pas plutôt Adam qui l'avait ramenée en voiture ? Sauf qu'elle était épuisée, toute rouge, en sueur, avec des mèches qui s'échappaient de la queue-de-cheval imposée par Mme Sansom. Pas exactement l'image qu'elle avait envie de lui donner d'elle…

Son travail au Royal Oak ne lui laissait ni le temps ni l'énergie de jouer au tennis, si bien qu'il fallait trouver un autre moyen de se rapprocher de lui. Sa fête d'anniversaire, au cours de laquelle Serafina lui ferait solennellement don de Mannion, serait l'occasion idéale. Il fallait s'arranger pour qu'il la remarque de nouveau et qu'il se remémore leur baiser sous le gui. Pour qu'il ait envie de renouveler l'expérience et de l'approfondir… Mais jusqu'à quel point ? Vu son inexpérience, quelle tactique adopter pour maintenir l'intérêt d'Adam en éveil sans pour autant « aller jusqu'au bout », comme l'avaient déjà fait beaucoup de filles de la pension ? Elle ne voulait surtout pas passer pour une fille facile. Ce qu'elle voulait, c'était qu'il tombe amoureux d'elle. Fou amoureux. Voilà l'objectif. A présent, il fallait trouver les moyens de l'atteindre. Rien ni personne ne pourrait l'en détourner. Surtout pas Zac Belisandro. A partir de maintenant, elle allait tout faire pour l'éviter. Elle ne lui accorderait même plus une seule pensée.

Cette résolution fit long feu. Le lendemain matin, lorsqu'elle sortit de l'annexe où elle logeait avec tante Joss une heure plus tôt que d'habitude pour partir au travail à pied, elle découvrit son vélo appuyé contre le mur. Avec un antivol flambant neuf et un mot fixé à la selle.

« Avec mes compliments.
Z. B. »

Pendant un moment, elle resta clouée sur place, en proie à un tourbillon d'émotions contradictoires. Puis elle froissa rageusement la feuille de papier. Comment s'était-il débrouillé ? Elle allait être obligée de le remercier. Quelle plaie ! A moins qu'elle laisse un mot dans sa voiture… Mais il risquait d'en conclure qu'elle n'osait pas l'affronter. Non, pas question de passer pour une lâche. Elle allait prendre sur elle et le remercier de vive voix. Quand bien même elle aurait préféré marcher tous les jours sous un soleil de plomb… Ce dont il se doutait sûrement, songea-t-elle en rangeant l'antivol dans sa sacoche. Etait-ce pour la mettre dans cette position inconfortable qu'il s'était donné tout ce mal ? « Je voulais vous rendre service. » Allons donc ! Elle ne l'avait pas cru sur le moment et elle le croyait encore moins aujourd'hui. Quand Nicola parlait de lui, c'était avec un certain respect pour sa réussite et le pouvoir qu'il exerçait. Mais elle n'avait jamais évoqué sa serviabilité. S'il s'était arrangé pour récupérer son vélo, c'était sans aucun doute pour faire la démonstration de son pouvoir. Mais avait-il vraiment marmonné « pas encore » quand elle avait dit « Je ne suis *pas* votre Dana » ? Elle n'en était pas certaine… Le mieux à faire était d'arrêter de penser à lui. Et de partir au travail.

Pour une fois, la journée fut relativement calme. D'autant plus que Janice avait téléphoné pour prévenir qu'elle était malade. Ne pas être sur le qui-vive en permanence changeait la vie. A Mannion aussi, le champ était libre, découvrit-elle à son retour en début d'après-midi. Zac Belisandro était rentré à Londres. La mauvaise nouvelle, c'était qu'Adam était parti avec lui. Ce fut Nicola qui le lui annonça. Elle l'attendait avec impatience avec un DVD du dernier film des studios Disney.

— Serafina est sortie et elle a dit à la cuisinière que nous pouvions commander des pizzas.

— Waouh, commenta Dana, consciente du caractère exceptionnel de cette concession. Pizza plus Johnny Depp. C'est la fête.

La télévision était reléguée dans une petite pièce à l'arrière de la maison, connue comme « l'arrière-salle ». Installées sur le canapé, elles venaient de voir le film et dégustaient leurs pizzas en buvant du Coca-Cola lorsque la porte s'ouvrit.

— C'est ici que vous vous cachez ! lança Adam. Je croyais que la maison avait été désertée.

— Et moi je croyais que tu devais rester à Londres, répliqua Nicola.

— J'ai changé d'avis. J'ai dû sentir l'odeur de pizza.

Il s'assit entre elles et prit un morceau dans chaque boîte.

— Hé, tu as déjà dîné ! protesta Nicola.

— Un dîner d'affaires, terminé depuis des heures. Et de toute façon on ne peut pas à la fois discuter sérieusement et manger.

— Comment ça s'est passé ?

— Ça s'est passé. Tu veux bien aller me chercher une bière, s'il te plaît, Nicola ?

Restée seule avec Adam, Dana déglutit péniblement. C'était une occasion à ne pas laisser passer. Si seulement elle savait comment la saisir… Il prit un autre morceau de pizza dans la boîte posée devant elle.

— Fais attention, sinon, je vais tout manger.

— Tu peux, si tu veux. Je n'ai pas très faim.

— Ne me dis pas que tu es au régime, dit-il en promenant sur elle un regard appréciateur. Tu risquerais de disparaître, et ce serait très dommage.

Son regard s'attarda sur sa poitrine.

— Tu as perdu quelque chose.

Elle baissa les yeux. Un morceau de pepperoni était tombé sur son T-shirt. Mortifiée, elle n'eut pas le temps de réagir. Adam le prit entre ses doigts en effleurant son sein au passage et le mangea.

— Délicieux, commenta-t-il avec un sourire malicieux. Je suis incapable de résister… au pepperoni.

Le visage en feu, elle resta muette d'embarras.

— Ce que tu es mignonne, murmura-t-il. J'avais presque oublié que les filles pouvaient rougir.

Il se pencha lentement vers elle et elle resta pétrifiée. Il allait l'embrasser… Comment devait-elle réagir ? Au même instant, un bruit de pas annonça le retour de Nicola. Adam se redressa, prit un autre morceau de pizza et se déplaça à l'autre bout du canapé avec un sourire complice.

— La voiture de Serafina remonte l'allée, annonça Nicola en entrant dans la pièce.

Adam prit le dernier morceau de pizza et se leva.

— Dans ce cas, il vaut mieux que j'attende d'avoir fait mon rapport pour boire ma bière.

Après son départ, Dana jeta à Nicola un regard interrogateur.

— Son rapport ?

Nicola hocha la tête d'un air grave.

— Son agence de conseil en communication est en difficulté à cause de la crise, et il y a peut-être un poste pour lui chez Belisandro Europe. Le dîner de ce soir était plus ou moins un entretien d'embauche. Ça risque d'être dur pour lui de travailler pour un grand groupe après avoir été son propre patron.

Pauvre Adam, songea Dana. S'il était obligé de travailler sous les ordres de Zac Belisandro, ça risquait en effet d'être dur pour lui…

Devait-elle vraiment mettre le petit haut blanc ? A chaque fois qu'elle l'essayait, il semblait un peu plus juste. Non seulement son décolleté plongeant interdisait de mettre un soutien-gorge mais il était si court qu'il découvrait son ventre. Le problème, c'était que les sandales avaient englouti la plus grande partie de ses économies. Si bien qu'elle n'avait pas pu s'acheter autre chose que ce corsage, qui au marché ne lui avait pas paru aussi minuscule…

Elle imaginait déjà ce que tante Joss dirait si elle le

voyait… Il fallait donc éviter que ça arrive. Et, de toute façon, ce qui comptait, c'était la réaction d'Adam. Depuis la soirée pizza, il venait plus souvent à Mannion. Il avait des affaires à régler avec sa tante, bien sûr, mais ce n'était visiblement pas la seule raison de ses visites. Ils prenaient soin de rester discrets, leurs rencontres se réduisant à des instants volés. Des mots murmurés. Des baisers furtifs. Pour l'instant…

Dana réprima un sourire. Hier soir, quand elle lui avait demandé ce qu'il voulait pour son anniversaire, il avait murmuré : « Je pense que tu le sais déjà, mon ange. » Et ce soir, pendant la fête, il s'arrangerait pour qu'ils puissent se retrouver. Seuls. Il le lui avait promis. Bien sûr, cette perspective était un peu effrayante. Après tout, c'était un saut dans l'inconnu. Mais son objectif ultime restait le même, et s'il fallait en passer par là pour l'atteindre… Prenant une profonde inspiration, Dana enleva le corsage blanc et l'accrocha sur un cintre avec la jupe verte. Puis elle les dissimula sous une des robes qu'elle portait à la pension et rangea le tout dans la penderie. Juste à temps. Tante Joss l'appelait… Elle enfila son peignoir en toute hâte, et quelques secondes plus tard la porte s'ouvrit.

— Tu es là ! s'exclama sa tante. Pourquoi n'es-tu pas habillée ?

— J'ai tellement chaud que j'ai décidé de prendre une douche et de me laver les cheveux.

— Eh bien, dépêche-toi. Le pasteur sera là dans une demi-heure.

— M. Reynolds ? Pourquoi ?

— Sa fille et son gendre sont en visite au presbytère et ils viennent tous à la fête, mais la baby-sitter leur a fait faux bond à la dernière minute. Mme Latimer leur a proposé que tu ailles là-bas pour garder Tim et Molly.

— Mais je ne peux pas !

— J'espère que tu ne t'es pas mis dans la tête d'assister à la fête, parce que c'est hors de question. Tu ne figures pas sur la liste des invités, et si Nicola t'a dit de venir elle a eu tort. Alors dépêche-toi de prendre ta douche pour être prête quand le pasteur viendra te chercher.

— C'est vraiment très gentil à vous, déclara M. Reynolds en souriant. Je sais que vous préféreriez passer la soirée avec vos amis, et nous vous sommes d'autant plus reconnaissants. Les enfants dorment déjà. En général, ils ne se réveillent pas la nuit. Et nous ne rentrerons pas tard.

Dana lui rendit son sourire. Si ses projets étaient tombés à l'eau, ce n'était pas sa faute. Dans d'autres circonstances, passer la soirée dans le salon confortable du presbytère avec une grosse part du fameux pâté en croûte de Mme Reynolds, une assiette de tomates du jardin et un plat de fraises aurait pu lui paraître agréable. Mais pas ce soir…

— Je n'attends pas d'appels, déclara Mme Reynolds après lui avoir exprimé sa gratitude à son tour. Mais j'ai laissé mon numéro de portable à côté du téléphone, au cas où.

— D'accord. Eh bien, à tout à l'heure, répliqua Dana.

Ce n'était pas charitable de sa part, mais elle ne pouvait pas se résoudre à leur souhaiter une bonne soirée…

Après avoir dîné, elle regardait une adaptation d'un roman d'Agatha Christie à la télévision quand le téléphone sonna.

— Le presbytère, bonsoir, dit-elle en prenant le stylo et le bloc-notes posés à côté du téléphone.

— Bonsoir, répliqua une voix familière. Vous êtes bien la baby-sitter ?

— Adam ?

— Qui d'autre ? Juste pour te rappeler que nous avons toujours rendez-vous, mais un peu plus tard que prévu. Je suggère le pavillon d'été. Quand Reynolds te ramènera, prends la clé et je te retrouverai là-bas. Mais je risque de ne pas pouvoir m'échapper avant minuit… Ta tante risque-t-elle de remarquer ton absence ?

— Je lui souhaiterai une bonne nuit en lui disant que j'ai la migraine.

Il pouffa.

— J'espère que tu n'utiliseras pas la même excuse avec moi, mon ange. Laisse la clé sur la porte du pavillon d'été et n'ouvre pas les volets, ça pourrait attirer l'attention. Tu aimes le champagne ?

— Je n'en ai jamais bu.

— Ah, une autre première, alors, commenta-t-il d'une voix caressante. J'ai hâte de te retrouver.

Dana raccrocha et se regarda dans le miroir du couloir. Les lèvres entrouvertes, les yeux brillants, elle était à la fois euphorique et angoissée. Tout allait beaucoup trop vite, tout à coup. Adam ne doutait visiblement pas qu'elle était prête à coucher avec lui. Or, de son côté, elle n'en était pas si sûre… Mais elle verrait sur le moment. De toute façon, il n'était pas question de renoncer. L'enjeu était trop important. Il fallait qu'elle trouve un moyen de le rendre accro. Il fallait qu'il tombe amoureux. Qu'il s'engage.

Elle arriva très en avance au rendez-vous, mais elle était beaucoup trop nerveuse pour attendre dans sa chambre. D'une part, elle avait eu peur de manquer de courage au dernier moment. D'autre part, elle avait voulu éviter d'être surprise par sa tante habillée et prête à sortir, au cas où celle-ci arriverait à l'improviste. Elle avait pris un couvre-lit dans le placard à linge, l'avait roulé et l'avait mis sous les draps dans son lit, ce qui devait suffire à donner le change si sa tante jetait un coup d'œil dans sa chambre. C'était une nuit sans lune et le parc était plongé dans l'obscurité. Heureusement qu'elle connaissait bien le chemin du pavillon d'été. Surtout avec ces sandales neuves… Le rythme de la musique provenant de la maison s'était ralenti, indiquant que la soirée touchait à sa fin. Elle ouvrit la porte et se glissa à l'intérieur du pavillon après avoir laissé la clé dans la serrure, comme le lui avait demandé Adam. La porte et les volets fermés, elle était dans le noir complet. Ce n'était pas très rassurant, mais Adam serait bientôt avec elle. Elle avança à tâtons jusqu'au canapé, enleva ses sandales et se pelotonna sur les coussins affaissés. L'air était chaud, et le silence, total. Elle eut beau lutter contre le sommeil, elle s'assoupit. Ce fut le bruit de la clé dans la serrure qui la réveilla en sursaut.

— Oh ! tu es enfin là, dit-elle, le cœur battant. Pourquoi as-tu verrouillé la porte ?

Pour toute réponse, il y eut un petit rire. Elle devina un mouvement et sentit un parfum musqué. Il faisait si noir qu'elle aurait pu aussi bien avoir les yeux bandés. Soudain, elle sentit Adam près d'elle. Sa cuisse contre la sienne, ses mains sur ses épaules, il l'attira vers lui. Elle résista instinctivement. Ils avaient des choses à se dire et elle avait envie qu'il allume les bougies pour pouvoir voir son visage. Et peut-être boire le champagne promis.

— Adam…

Il posa un doigt sur ses lèvres pour la faire taire, puis elle sentit qu'il se penchait vers elle. Sa bouche effleura ses cheveux, ses tempes et sa joue avant de se poser sur la sienne, légère comme un papillon. Parcourue d'un long frisson, elle referma les mains sur ses épaules. C'était étrangement excitant de ne pas le voir. Comme si elle était dans un rêve délicieux… Il lui donna un nouveau baiser et sa langue se glissa entre ses lèvres. Electrisée, elle lui répondit d'abord timidement, puis avec une assurance et un plaisir croissants. C'était si bon de s'embrasser quand on pouvait prendre tout son temps ! Quand on ne craignait pas d'être interrompus… Simultanément, les doigts d'Adam effleurèrent son cou, s'attardèrent sur la courbe de son épaule, puis descendirent le long de son épine dorsale. Assaillie par des sensations délicieuses, elle creusa involontairement les reins et sentit qu'il souriait contre sa bouche. Passant un bras autour de sa taille et l'autre sous ses cuisses, il l'installa sur ses genoux. Tout en approfondissant son baiser, il glissa la main sous son corsage et la referma sur un sein, insistant sur sa pointe durcie du bout du pouce. Transpercée par mille petites flèches de plaisir, elle laissa échapper un gémissement étranglé. Il fallait à tout prix se ressaisir avant que son corps échappe à son contrôle…

— Adam, il faut que je te parle, murmura-t-elle d'une voix rauque qu'elle ne se connaissait pas.

De nouveau, il posa un doigt sur ses lèvres pour la faire taire. Puis il ouvrit les trois boutons de son corsage et le fit glisser sur ses épaules, avant d'aspirer entre ses lèvres un bourgeon dressé tout en le léchant du bout de la langue. Toute velléité de protestation l'abandonna aussitôt. Incapable d'émettre autre chose que des gémissements, elle ne s'appartenait plus. Tandis qu'il faisait subir le même sort à l'autre sein, elle sentit confusément qu'il dégrafait sa jupe et la lui enlevait. Il captura de nouveau sa bouche et glissa la main entre ses genoux. Ses doigts remontèrent lentement le long de sa cuisse puis effleurèrent le bord de sa culotte de dentelle. Au comble de l'excitation, elle n'identifia pas tout de suite le bruit. Elle eut juste vaguement conscience d'un phénomène extérieur qui transperçait la brume de plaisir dans laquelle elle était enveloppée. Puis elle sentit Adam se raidir. Il y avait quelqu'un dehors, comprit-elle brusquement, atterrée. Quelqu'un qui essayait d'ouvrir la porte… Qui tournait la poignée avec exaspération.

— Dana, tu es là ? Ouvre-moi, mon cœur.

Adam… ?

Dana se figea. Comment pouvait-il être dehors alors qu'il était là avec elle, en train de… ? Horrifiée, elle se débattit. En vain. Elle était emprisonnée par deux bras puissants. Et réduite au silence par une bouche impérieuse.

— Dana, ouvre cette porte !

Il y eut un silence, puis un choc — sans doute un coup de pied dans la porte — suivi d'un juron étouffé. Puis plus rien. Adam était parti.

Dana fut soulevée du canapé et posée sur ses pieds.

— Je crains qu'il soit contrarié, dit Zac Belisandro d'un ton léger.

5.

Dana resta pétrifiée. Ce n'était pas vrai… C'était un cauchemar. Oui, c'était forcément un cauchemar. Ça ne pouvait être que ça. Elle ne pouvait pas s'être laissé duper à ce point… Bientôt, elle allait se réveiller dans son lit, chez elle, en sécurité. Une allumette craqua, une petite flamme troua l'obscurité, puis les bougies s'allumèrent une à une. Zac se tourna vers elle, les yeux étincelants.

Non, c'était bien la réalité… Prenant conscience qu'elle était nue à l'exception de sa minuscule culotte de dentelle, elle se baissa pour ramasser sa jupe et la tint devant elle avec des mains tremblantes. Mais il était trop tard pour avoir un accès de pudeur, bien sûr. Zac n'ignorait plus grand-chose de son corps. Et, sans l'arrivée d'Adam, sa culotte se serait retrouvée par terre à son tour. Jamais elle ne se remettrait de cette humiliation. Comment avait-elle pu être aussi stupide ? Et comment son corps avait-il pu réagir avec une ardeur aussi impardonnable ? Elle ne se reconnaissait pas. C'était comme si une digue avait été rompue en elle par la bouche et les mains de cet homme, ouvrant les vannes d'une sensualité qu'elle ne soupçonnait pas. Pourquoi fallait-il que cet homme soit Zac Belisandro ? Lorsqu'elle retrouva l'usage de la parole, elle demanda d'une voix tremblante :

— Pourquoi ?

— Pourquoi pas ? Vous étiez offerte. Or les jeunes filles à la fois charmantes et vierges sont très rares. Vous pouvez difficilement m'en vouloir d'avoir cédé à la tentation après avoir entendu Adam vous donner ce rendez-vous galant.

— Vous êtes abject ! Vous me dégoûtez.

— Vraiment ? Ce n'est pas l'impression que j'ai eue.

— Et je n'étais pas… offerte !

— Ah. Vous vous croyez amoureuse. Vous l'êtes peut-être, mais pas d'Adam.

— Vous ne savez rien de moi ! protesta-t-elle avec véhémence.

Puis elle sentit ses joues s'enflammer. Vu ce qui venait de se passer entre eux, cette affirmation semblait ridicule…

Zac eut un petit rire qui accrut sa confusion.

— Je sais beaucoup de choses, au contraire, *mia bella*.

— Je voudrais m'arracher la peau que vous avez touchée !

— Réjouissez-vous plutôt de ne pas avoir eu le temps de vous offrir tout entière. Et quand vous le ferez assurez-vous que c'est avec le bon partenaire. Maintenant, rhabillez-vous et rentrez chez vous avant que votre absence soit remarquée.

Dana eut une hésitation et il arqua les sourcils.

— A moins que vous préfériez rester ici pour que nous explorions ensemble les infinies possibilités que nous laisse la nuit ?

— Surtout pas ! Même avant ce soir, je vous trouvais odieux. Croyez-vous que si j'avais su — si j'avais eu le moindre soupçon — je vous aurais laissé m'approcher ?

— C'est une question à laquelle nous ne pouvons répondre ni l'un ni l'autre. Mais je vais vous en poser une autre. Pourquoi ne vous êtes-vous pas rendu compte que je n'étais pas Adam ? Et, si vous le connaissez aussi peu, pourquoi étiez-vous ici ?

— Parce que j'ai confiance en lui.

— Ah. Dans ce cas, il n'y a rien à ajouter. Rhabillez-vous.

Serrant les dents, elle releva le menton.

— Tournez-vous.

Il lui lança un regard moqueur avant de se retourner. Elle remit sa jupe et son corsage en toute hâte, mais même une fois rhabillée elle continua de se sentir nue. Sans plus lui prêter la moindre attention, Zac remit en ordre les coussins du canapé, déverrouilla la porte, puis revint vers la table pour souffler les bougies. Voyant qu'elle attendait sur le seuil, il demanda d'un ton narquois :

— Vous voulez que je vous raccompagne ? Et, si oui, puis-je espérer le traditionnel baiser de remerciement ?

— Non aux deux questions, rétorqua-t-elle sèchement. Mais vous avez la clé et j'ai besoin que vous me la rendiez.

— Pas de problème. Mais avant que vous partiez, Dana *mia*, un bon conseil. Mannion n'est pas un endroit pour vous. Vous devriez partir. Et commencer à vivre au lieu de rêver.

— Je n'ai pas besoin de vos conseils ! Le seul conseil utile qu'on aurait pu me donner, c'est de me méfier de vous. Ne m'approchez plus jamais, vous m'entendez ?

Sur ces mots, elle partit dans la nuit, les jambes tremblantes, craignant à chaque pas de trébucher dans l'obscurité à cause de ses sandales. Quelle explication pourrait-elle donner si elle se foulait la cheville ? La gorge nouée, elle s'efforçait de refouler ses larmes. Pas question qu'il l'entende pleurer si par hasard il n'était pas loin derrière elle. Après avoir remis la clé du pavillon en place, elle récupéra dans le pot de fleurs celle de l'annexe et regagna sa chambre sans bruit. Si seulement elle pouvait prendre une douche pour se laver de toutes les caresses et les baisers de Zac… Mais elle ne pouvait pas prendre le risque de réveiller tante Joss. De toute façon, tout le savon du monde ne suffirait pas à effacer le souvenir de ce qu'elle avait ressenti dans ses bras… Elle se déshabilla, puis elle roula en boule sa jupe et son corsage pour les mettre au fond de l'armoire en attendant de s'en débarrasser. Une fois dans son lit, elle donna enfin libre cours à un flot de larmes de colère et de honte, enfonçant le coin de l'oreiller dans sa bouche pour étouffer le bruit de ses sanglots.

Lorsque le réveil sonna, elle fut presque heureuse de se lever pour aller travailler. Au moins, elle avait une excellente excuse pour fuir la maison. Certains invités de la fête logeaient au Royal Oak, et le petit déjeuner du dimanche se prolongea jusque tard dans la matinée. L'heure du déjeuner approchait quand elle descendit les sacs de linge sale. Mme Sansom l'attendait au pied de l'escalier, le visage fermé, une enveloppe à la main.

— Votre paie. Ce qui est généreux de ma part, étant donné les circonstances. Pas de préavis. Aucune considération.

Elle eut une moue dédaigneuse.

— Cet emploi à Londres vous conviendra sans doute beaucoup mieux.

— Quel emploi à Londres ? répéta Dana, interloquée. Je ne comprends pas.

— Obligée de trouver quelqu'un du jour au lendemain en pleine saison ! lança Mme Sansom pour toute réponse, avant de rentrer dans son bureau et de claquer la porte.

Dana n'avait jamais pédalé aussi vite pour rentrer à Mannion. Lorsqu'elle arriva à l'annexe, elle trouva dans le hall la valise qu'elle utilisait pour la pension.

— Viens ici, Dana.

Tante Joss était assise à la table de la cuisine, la mine sévère.

— Que se passe-t-il ? Mme Sansom vient de me renvoyer.

— Non. C'est moi qui lui ai téléphoné pour lui dire que tu partais à Londres aujourd'hui.

— Mais… pourquoi ?

— Parce que Mme Latimer ne veut plus que tu restes à Mannion. Un de ses invités s'est plaint de toi. Il paraît que tu lui as fait des avances. Il a hésité à lui en parler, mais il a estimé que ce comportement risquait de te nuire et que dans ton intérêt il valait mieux prendre des mesures. Tu dois partir immédiatement.

Les jambes tremblantes, Dana s'assit en face de sa tante.

« Mannion n'est pas un endroit pour vous. » Les paroles

de Zac résonnèrent dans son esprit. Ce n'était pas un simple conseil mais une menace. Et à présent il n'hésitait pas à mentir pour se débarrasser d'elle. Pour briser sa vie et ses rêves…

— J'espérais que tu ne suivrais pas l'exemple de ta mère, mais j'aurais dû savoir que les chiens ne font pas des chats… Tu n'as rien à dire ?

— Ce n'est pas vrai. Il… il ment.

Tante Joss soupira.

— Il fallait s'attendre à ce que tu dises ça. Mais pourquoi quelqu'un comme lui t'accuserait-il sans raison ? Ça n'a aucun sens.

Le cœur de Dana se serra. Bien sûr. Pour que ça prenne un sens, il aurait fallu qu'elle raconte toute l'histoire. Or elle ne pouvait pas avouer qu'elle avait accepté de retrouver Adam en cachette. Zac Belisandro le savait parfaitement…

— Et, en faisant ta valise, j'ai trouvé ça.

Tante Joss posa sur la table la jupe et le corsage froissés.

— D'où ça vient ?

— Je… Je voulais les mettre pour aller à la fête.

— Alors que tu n'étais pas invitée. Il n'y a vraiment rien à ajouter. Nous partirons après le déjeuner.

— Mais… Ici, c'est chez moi. Et la pension ? Et mes examens l'année prochaine ?

— Il faut assumer les conséquences de ses actes. Mme Latimer se sent trahie et elle n'est plus prête à financer tes études. Désormais, tu vas être obligée de travailler pour gagner ta vie. Les enfants Heston n'ont plus la varicelle et leur mère cherche toujours une jeune fille au pair. Mme Latimer m'a donné mon après-midi pour que je puisse te conduire à Bayswater. Elle ne souhaite pas te voir avant ton départ, ajouta tante Joss d'un ton froid.

Après un silence, Dana demanda :

— Puis-je au moins dire au revoir à Nicola ?

— Son frère l'emmène passer quelques jours chez une amie à Shropshire. Mme Latimer veut éviter que tu aies une influence néfaste sur elle. Tu es priée de ne pas chercher à la revoir.

Tante Joss se leva.

— Si tu trouves ça trop dur, n'oublie pas que tu ne peux t'en prendre qu'à toi-même.

Dana avait la nausée. *Je ne peux m'en prendre qu'à moi-même ? Non. Le seul responsable, c'est Zac Belisandro. Et je lui en voudrai toute ma vie…*

*
* *

Sept ans avaient passé et elle lui en voulait toujours. Elle le haïssait toujours pour ce qu'il avait fait. Et pour ce qu'il risquait encore de faire… Sauf qu'aujourd'hui elle n'était plus une adolescente vulnérable. De toute façon, ressasser le passé ne servait à rien. A partir de maintenant, elle allait concentrer toute son énergie sur le présent et l'avenir. Avec Adam.

Elle se réveilla beaucoup trop tôt, son esprit et son corps étant encore programmés pour des horaires de travail. Mais c'était un jour à se réveiller tôt, avec du soleil et un ciel bleu légèrement voilé, promesse de chaleur. Elle prit un long bain puis, vêtue d'un corsaire de lin blanc et d'un haut turquoise, elle descendit silencieusement l'escalier et sortit par une porte latérale pour rejoindre la terrasse. Après la pluie, l'air était pur et frais, tandis que la pelouse et les arbustes brillaient sous les rayons du soleil.

Elle aspira avec volupté une grande bouffée d'air. Pour quelques instants, Mannion était tout à elle. Elle marcha sans hâte, humant les parfums du parc, inspectant la façade de la maison, qui semblait avoir mieux résisté au temps que l'intérieur. Cependant, le lierre avait besoin d'être taillé. Pouvait-elle se permettre de le faire remarquer à Adam ? Non, mieux valait adopter une approche plus subtile, décida-t-elle. Au détour d'une allée, elle constata qu'elle arrivait à l'ancienne orangerie, transformée en piscine. Elle s'immobilisa et contempla l'eau turquoise à travers la paroi vitrée, intriguée par les ondulations qui la parcouraient. Une tête brune émergea soudain de l'eau, suivie par un bras hâlé. Mannion n'était pas tout à elle, finalement. Quelqu'un d'autre s'était levé tôt. Le nageur atteignit le bord de la piscine et se hissa hors de l'eau d'un mouvement souple. Entièrement nu, Zac Belisandro se dirigea vers un transat, prit la serviette posée dessus et commença à s'essuyer.

Clouée sur place, Dana s'efforçait en vain de maîtriser les battements de son cœur. Pourvu qu'il ne se retourne pas… Pourvu qu'il ne la voie pas… Elle recula lentement, pas à pas, s'appuyant d'une main contre le mur. Lorsqu'elle eut dépassé le coin et fut hors de vue, elle s'immobilisa et inspira profondément. Elle était aussi essoufflée que si elle avait couru… Elle s'accroupit et pencha la tête en avant, laissant ses cheveux tomber devant son visage en feu. Il fallait absolument qu'elle trouve un moyen de s'armer contre les souvenirs humiliants qui la poursuivaient depuis sept ans. D'autant plus qu'à présent, en plus de tout le reste, l'image de ce corps splendide était imprimée dans son esprit. *Calme-toi*, se dit-elle. *Et cherche un moyen de ranimer l'intérêt d'Adam sans éveiller les soupçons de l'ennemi que tu espérais ne plus jamais revoir.*

En tout cas, c'était la fin de sa promenade solitaire. Pas question de prendre le risque de croiser Zac. Il fallait aller réfléchir ailleurs, décida-t-elle en regagnant sa chambre pour prendre son sac. Quelques instants plus tard, elle franchissait les grilles de la propriété au volant de sa voiture et prenait la route qui conduisait à Rankins Lock, dans la direction opposée au village. Une fois arrivée, elle se gara et descendit à pied jusqu'au chemin de halage qui longeait le canal. Les rideaux de la demi-douzaine de péniches amarrées là étaient fermés, mais le bar voisin était ouvert. Un peu de café l'aiderait peut-être à s'éclaircir les idées. Lorsqu'elle pénétra dans le bar, la femme qui était en train de s'affairer derrière le comptoir se redressa.

Janice Cotton… Elle réprima un soupir. Décidément, ce n'était pas son jour.

— Dana Grantham, ça, par exemple ! s'exclama Janice. Que fais-tu ici ?

— Je suis juste en visite, répliqua Dana d'un ton sec. Je voudrais un café, s'il te plaît. Noir.

Janice prit la cafetière fumante sur la plaque chauffante et remplit un gobelet en carton, qu'elle lui tendit.

— Ça marche bien pour toi, on dirait. Toujours avec le beau gosse plein aux as avec qui tu es partie ?

Dana arqua les sourcils.

— Je ne te suis pas…

— Le grand brun sexy que tu as envoyé chercher ton vieux vélo tout déglingué. Qu'est-ce que j'ai eu comme problèmes avec mon père, à cause de lui !

Causer des problèmes, c'est sa spécialité, songea Dana avant de répliquer d'un ton cassant :

— Je n'y suis pour rien. Et nous ne sommes pas partis ensemble. Je n'irai même pas au coin de la rue avec lui.

— Eh bien, moi, si j'avais l'occasion de le mettre dans mon lit, je n'hésiterais pas. Quand vous vous êtes évanouis dans la nature tous les deux au même moment, les gens ont tout de suite fait le lien.

— Ils ont tiré la mauvaise conclusion, comme d'habitude. Et je ne me suis pas évanouie dans la nature. J'ai accepté un emploi qu'on m'avait proposé à Londres. Désolée de ne pas avoir publié une annonce dans le journal.

— C'est évident qu'il en pinçait pour toi. Sinon, pourquoi aurait-il fait toute cette histoire à cause de ce vieux vélo ?

La gorge soudain sèche, Dana s'efforça de prendre un ton léger.

— Il voulait sans doute faire l'important. Qui sait ?

Elle sortit son porte-monnaie de son sac.

— Tiens, voilà pour le café. Je vais le boire dehors.

En proie à la plus grande confusion, elle s'installa sur un banc au bord du chemin de halage. Que son départ soudain ait provoqué des commérages n'avait rien d'étonnant. Dans un village, c'était inévitable. Mais savoir qu'elle avait été associée à Zac… « C'est évident qu'il en pinçait pour toi. » Malgré elle, une image envahit son esprit. Zac entièrement nu, souple et puissant comme une panthère, la peau parsemée de gouttes d'eau. A son grand dam, une vive chaleur l'envahit. Non ! Cet homme était un manipulateur. Un menteur qui l'avait fait chasser de Mannion. Mais aujourd'hui elle savait de quoi il était capable et elle ne se laisserait pas piéger une seconde fois.

Elle s'attendait à trouver la salle à manger très animée quand elle rentra à Mannion à l'heure du petit déjeuner, mais, si tout le monde était bien assis autour de la table, la conversation manquait d'entrain. Adam, qui présidait la table, avait le visage fermé, tandis que Mimi Latimer, assise en face de lui, prenait des airs de martyre. A en juger par les « bonjour » enjoués qui la saluèrent, son arrivée était un soulagement pour tous les autres. En particulier pour Nicola.

— Ah, te voilà ! Je t'ai apporté une tasse de thé tout à l'heure et je me demandais où tu étais passée.

— Juste partie me promener.

— Tu as dû te lever à l'aube, comme Zac, commenta Nicola. Il a déjà nagé, ce matin.

Elle mima un frisson.

— Quelle énergie !

— Peut-être qu'il aime avoir la piscine pour lui tout seul, intervint Eddie.

— Au contraire, objecta Zac. A un moment, j'ai cru que j'allais avoir de la compagnie, mais malheureusement cet espoir a été déçu.

Son regard se posa sur Dana, qui baissa aussitôt le sien sur son assiette. Elle eut cependant le temps d'apercevoir une marque qui ressemblait à une égratignure sur sa pommette, là où elle l'avait frappé dans la nuit. *Parfait,* songea-t-elle avec hargne. *J'espère que cette cicatrice restera à vie.* Elle avait perdu l'appétit mais elle se força à manger, découpant son bacon en morceaux minuscules en s'imaginant que c'était Zac sous son couteau. Dire qu'il l'avait vue à l'orangerie…

Mme Marchwood se pencha vers elle.

— Travailler pour Jarvis Stratton doit être très excitant, Dana. Vous devez rencontrer des gens fascinants.

— Il y a de bons moments, répondit-elle en souriant. Aider les gens à trouver un lieu qui leur correspond vraiment est un grand plaisir pour moi.

— C'est un métier que vous avez toujours eu envie de faire ?

— Pas vraiment. Je m'y suis mise par hasard, alors que je travaillais encore comme jeune fille au pair. Mes employeurs avaient mis leur maison en vente, mais ils ne trouvaient pas d'acheteur. Un week-end où ils étaient partis chez des amis, Jarvis Stratton a téléphoné pour demander s'il était possible d'organiser une visite le samedi après-midi et j'ai accepté. Les gens de chez Jarvis Stratton mettent un point d'honneur à arriver en avance, mais pour une fois l'agent chargé de la vente était en retard. Après une demi-heure d'attente, les clients commençaient à s'impatienter, si bien que je leur ai proposé de leur faire visiter la maison.

Dana haussa les épaules.

— J'ai fait comme si c'était ma maison, un endroit que j'aimais, où j'avais été heureuse et que je quittais à regret. Et ça a marché. Quand l'agent est arrivé après être resté bloqué une heure dans un embouteillage, les clients étaient prêts à faire une offre et ils lui ont dit que j'étais une excellente vendeuse. Après leur départ, il m'a donné sa carte. La semaine suivante, j'étais engagée.

— Et vous employez toujours la même méthode ? intervint Zac d'une voix suave. Vous faites comme si les maisons des autres vous appartenaient ?

— Pourquoi pas, si ça marche ? rétorqua-t-elle avec un regard de défi.

— Dites-nous comment vous vendriez Mannion.

— Je ne le vendrais pas !

Elle se maudit aussitôt. Comment avait-elle pu tomber dans un piège aussi grossier ? Sa réponse avait été trop rapide et trop véhémente. Il fallait immédiatement rectifier le tir. Elle haussa les épaules en souriant.

— Mannion étant à la campagne, c'est un autre service qui serait chargé de la vente, ajouta-t-elle en se servant un café sous le regard narquois de Zac. Je ne m'en occuperais pas.

Dans la partie qui les opposait, il avait bien failli marquer un point décisif, songea-t-elle. Il fallait être prudente. Très prudente.

6.

A la fin du petit déjeuner, Dana s'échappa avec soulagement sur la terrasse, où Nicola la rejoignit.

— Quelle façon agréable de commencer la journée ! ironisa celle-ci en se laissant tomber dans un fauteuil. Je ne sais pas lequel des deux j'aimerais étrangler en premier, Adam ou tante Mimi !

— J'ai cru détecter une certaine tension en arrivant, déclara Dana en prenant un ton léger. Que s'est-il passé ?

— Tante Mimi a décidé de sermonner Adam sur ses responsabilités en tant que propriétaire de Mannion. Assumer son rôle, s'installer, produire un héritier…

Nicola roula les yeux.

— Et pour couronner le tout elle l'a pressé de se réconcilier avec Robina. Il lui a répondu sèchement de se mêler de ses affaires. En version édulcorée.

Elle soupira.

— Tante Mimi manque de tact et se mêle sans arrêt de ce qui ne la regarde pas, mais je n'oublierai jamais à quel point elle a été gentille pendant le divorce des parents. Elle m'emmenait au cinéma, au zoo, au musée Madame Tussauds, et après on prenait le thé au Brown's Hotel. Mais pas avec Adam, bien sûr. Il était trop grand et trop arrogant. Il a daigné venir une fois au Muséum d'histoire naturelle, mais il a disparu au bout d'une heure. Tante Mimi était dans tous ses états. Elle s'imaginait qu'il avait été enlevé ou bien dévoré par un dinosaure, alors qu'il était tout simplement rentré à la maison parce qu'il en avait assez.

Nicola poussa un nouveau soupir.

— Je suis inquiète pour tante Mimi. Elle a des problèmes financiers depuis quelque temps. C'est pour ça que Serafina lui permettait de venir ici quand elle voulait. Elle en a pris l'habitude, mais dans quelques jours le délai légal de sept ans précédant la conclusion définitive de la donation arrivera à expiration. Adam deviendra propriétaire à part entière de Mannion, et je crains que Mimi soit obligée de partir.

— Oh ! il ne va sûrement pas la chasser.

— Adam peut être très rancunier, tu sais. Mais, bon, si je suis venue te voir, c'est pour te dire que nous allions tous au château de Hastonbury, sauf Adam et Zac, qui vont jouer au golf. Tu veux venir avec nous ?

Dana eut une hésitation.

— Non, je préfère rester ici. Le samedi est ma journée de travail la plus chargée. Pouvoir me prélasser, pour une fois, est un luxe incroyable.

— Comme tu veux. Je vais demander à Mme Harris de t'apporter du café et le journal. A tout à l'heure.

Le café et le journal arrivèrent quelques instants plus tard et Dana entreprit de faire les mots croisés. Mais ses pensées revenaient sans cesse aux commentaires de Nicola. Mimi Latimer pouvait être crispante, mais de là à la chasser de Mannion… Adam ne ferait sûrement pas une chose pareille. Etouffant un bâillement, elle s'étira avec volupté sur son transat.

— Réveille-toi, Belle au bois dormant.

Ces paroles semblaient faire partie de son rêve. Un lit, doux comme un nuage, et des bras — les bras d'Adam — refermés sur elle. En souriant, Dana ouvrit les yeux. Adam était penché sur elle et ce n'était plus un rêve mais la réalité.

Elle se redressa et écarta ses cheveux de son visage.

— S'il te plaît, dis-moi que je ne ronflais pas.

— Pas du tout. Parole de scout.

— Je parie que tu n'as jamais été scout. C'était bien, le golf ?

— Nous n'avons pas joué. Zac avait apparemment autre chose à faire, si bien que j'ai juste passé un moment sur le practice. Et toi, tu n'avais pas envie d'aller voir les ruines du château ?

— Je les ai déjà vues.

— Oui, mais pas depuis longtemps.

Adam fit une pause avant de demander :

— T'arrive-t-il de penser à autrefois… quand tu vivais ici ?

Elle réprima un petit rire hystérique. S'il lui arrivait de penser à l'époque où elle vivait à Mannion ?

— Je ne suis pas du genre à m'appesantir sur le passé, prétendit-elle. Je préfère regarder vers l'avenir.

Il prit un fauteuil et s'assit à côté d'elle.

— Ce que tu as changé… Je n'en reviens pas.

— C'est sûr que je ne suis plus une écolière.

— J'ai remarqué. Mais il y a… des choses dont je me souviens, dit-il avec un embarras manifeste. Des choses qui n'auraient peut-être pas dû arriver.

Le cœur battant, elle s'efforça de garder un ton désinvolte.

— Ça fait longtemps et nous avons tous les deux changé. Sans doute vaudrait-il mieux oublier le passé.

Adam plongea son regard dans le sien.

— Je ne suis pas certain d'avoir envie de tout oublier.

Elle retint son souffle. Allait-il lui prendre la main ? L'embrasser ? Au même instant, une ombre se dessina sur le sol de la terrasse.

— Vous voilà, dit Zac d'une voix traînante. Ça tombe bien. Je vous amène une surprise.

Il se tourna vers une grande blonde qui se tenait dans l'encadrement de la porte-fenêtre, vêtue d'une minirobe bleue révélant des jambes aussi longues que bronzées.

— Robina, *cara*, viens ici et souris à Adam.

Il y eut un silence à couper au couteau, puis Adam se leva lentement.

— Robina, d'où viens-tu ? dit-il en rejoignant la jeune femme.

— De la gare.

Elle émit un petit rire.

— J'ai téléphoné à Zac pour lui demander de venir me chercher. N'est-ce pas une bonne surprise ?

Bouge, souffla une petite voix à Dana tandis que Robina posait les mains sur les épaules d'Adam et lui offrait ses lèvres. *Lève-toi poliment. Et surtout ne montre rien. Ni frustration ni déception.*

Elle se leva tandis que le couple s'embrassait. Contrairement à ce qu'elle redoutait, la jalousie ne lui déchira pas le cœur. Elle ne ressentit rien d'autre que de la colère. Et celle-ci n'était dirigée ni contre Adam ni contre la blonde qui se pendait à son cou, mais contre Zac, immobile et silencieux à côté d'elle.

Adam prit Robina par la main et se dirigea vers elle pour faire les présentations.

— Dana Grantham, Robina Simmons.

— Je suis une vieille amie de la sœur d'Adam, déclara Dana en serrant une main assez molle. Nous nous étions perdus de vue depuis quelque temps. Ce week-end est l'occasion de renouer les liens.

— Mannion est un cadre fantastique pour des retrouvailles, approuva Robina d'un ton enthousiaste. J'ai toujours pensé que c'était un petit coin de paradis.

Il n'y manquait même pas le serpent, songea Dana.

— Si nous montions tes affaires, ma chérie ? suggéra Adam d'un ton enjoué.

Il disparut dans la maison en compagnie de Robina, qui bavardait avec excitation. Zac brisa le silence tendu qui suivit leur départ.

— Comprenez que vous perdez votre temps, s'il vous plaît.

Elle ne s'attendait pas à des propos aussi directs et resta un instant sans voix.

— Vous ne trouvez toujours pas légitime mon envie de passer un week-end agréable à la campagne ? Après tout, je travaille beaucoup.

Il hocha la tête d'un air pensif.

— Sans doute, mais vous auriez mieux fait de rester loin d'ici.

— Je n'ai pas besoin de vos conseils, monsieur Belisandro. Tâchez de vous en souvenir, s'il vous plaît.

— Croyez-moi, *signorina*, je ne risque pas de l'oublier.

Brillant soudain d'un éclat troublant, les yeux noirs de Zac s'attardèrent sur les lèvres de Dana avant de descendre vers ses seins, moulés par son corsage de soie. Aussitôt assaillie par le souvenir de ses caresses et de ses baisers, elle recula d'un pas, la gorge sèche. Son pied rencontra le journal et le stylo tombés par terre quand elle s'était levée. Elle se baissa pour les ramasser, mais Zac fut plus rapide qu'elle. Il lui tendit le journal tout en jetant un coup d'œil à la grille de mots croisés.

— Le quatorze vertical, c'est « Azerbaïdjan ».

— Finissez-les, puisque vous savez tout !

Sur ces mots, elle tourna les talons et rentra dans la maison. Même la fenêtre ouverte, sa chambre était une véritable fournaise, mais de toute façon elle bouillait déjà intérieurement. Elle ferma la porte et s'y adossa. Pourquoi cette insistance ? Zac Belisandro dirigeait une multinationale présente sur les cinq continents dans les secteurs du tourisme, du transport maritime, de l'agriculture et des nouvelles technologies. Il n'était lié aux Latimer que parce que son père et Serafina étaient cousins germains. Quelle différence pour lui qu'Adam se marie avec une femme ou une autre ?

Elle avait l'impression de jouer aux échecs avec un

champion. A chaque fois qu'elle déplaçait un pion, il était aussitôt capturé. Chaque coup qu'elle jouait semblait la rapprocher inexorablement de l'instant où elle finirait par être échec et mat. Par moments, il était tentant d'abandonner la partie. D'inventer une excuse pour s'en aller. De concentrer toute son énergie sur sa carrière et, pourquoi pas, d'envisager une nouvelle relation.

Sauf que…

Si elle renonçait à Mannion sans se battre, elle serait rongée toute sa vie par les regrets. L'arrivée de Robina était un contretemps. Rien de plus. C'était Adam et lui seul qui déciderait de son avenir. Elle devait faire le nécessaire pour qu'il choisisse de le vivre avec elle. Et elle devait s'y mettre dès ce soir.

— Tante Mimi est exaspérante, déclara Nicola alors qu'elles se promenaient dans le parc en fin d'après-midi. Elle n'arrête pas de répéter qu'elle savait que ce n'était qu'une querelle d'amoureux et que la raison finirait par l'emporter. Elle a même suggéré à ma future belle-mère d'inciter Adam à profiter du toast qu'il devait porter à nos fiançailles, à Eddie et à moi, pour annoncer les siennes.

— Oh ! mon Dieu… Et comment a réagi Mme Marchwood ?

— Elle a répliqué poliment mais fermement qu'il était hors de question qu'elle se mêle de la vie d'Adam. Ce que je ne comprends pas, c'est le rôle de Zac dans tout ça. Par moments, je me demande s'il n'a pas des visées sur Robina. Depuis que son père a des problèmes cardiaques, sa famille doit faire pression sur lui pour qu'il se marie.

— Si c'est vrai, je la plains, commenta Dana d'un ton léger, tout en se demandant pourquoi elle avait un pincement au cœur.

— Tu plaisantes ? s'exclama Nicola. Quand Zac finira par choisir une femme, des centaines de cœurs vont se briser dans le monde entier. Et pas seulement parce qu'il est méga-riche. D'après la rumeur, c'est un amant fantastique.

A son grand dam, Dana sentit ses joues s'enflammer,

et elle entreprit d'arranger ses cheveux pour dissimuler son visage.

— Oh ! tu sais, les rumeurs…

Plus tard, après avoir pris une douche et s'être changée, elle étudia son reflet dans le miroir de la salle de bains, moyennement satisfaite du résultat. Pour cette soirée, elle avait choisi du noir. Un fourreau qui arrivait à la cheville, avec un décolleté très sage devant mais plongeant dans le dos. Son visage était encadré par les mèches qui s'échappaient de son chignon lâche et par de grandes créoles noires. Le fard savamment étalé sur ses paupières lui donnait un regard exotique et mystérieux, tandis que sa bouche était tout innocence, à peine teintée d'une fine couche de gloss rose pâle.

Raffinée ? Peut-être. Séduisante ? Sans doute. Assez pour fasciner Adam ? Il fallait s'en remettre au destin. Mais au moins elle aurait essayé. Elle attendit le dernier moment pour descendre au salon, dans le but d'être la dernière à faire son apparition. C'était compter sans le manque de ponctualité de Robina, comprit-elle après un bref coup d'œil sur la pièce. Adam et la jeune femme n'étaient pas encore là. Masquant sa déception, elle répondit par un petit rire au sifflement admiratif d'Eddie. Et elle évita soigneusement de regarder dans la direction de Zac. Elle l'avait repéré dès son entrée, très élégant en smoking et nœud papillon. Et, à son grand regret, elle avait aussitôt été ramenée à la dernière fois où elle l'avait vu en tenue de soirée. A la lueur des bougies, dans le pavillon d'été, alors qu'elle-même ne portait rien d'autre qu'une culotte minuscule… Finirait-elle un jour par oublier le plaisir et l'humiliation qu'elle avait successivement ressentis ce soir-là ?

Elle s'empressa de rejoindre Emily et les autres, bavardant et riant comme si elle était parfaitement détendue. Les invités s'éparpillèrent par petits groupes sur la terrasse et sur la pelouse, tandis que des serveuses engagées pour l'occasion circulaient parmi eux avec des plateaux chargés de verres, et qu'un pianiste jouait une musique d'ambiance. Adam finit par arriver, arborant une mine sombre qui contrastait avec le sourire radieux de Robina, vêtue d'une robe de dentelle blanche à volants et les cheveux parsemés de fleurs blanches.

— Chère enfant, vous êtes ravissante, déclara tante Mimi d'une voix sonore qui domina le brouhaha des conversations. Comme une jeune mariée.

Oh ! mon Dieu… Dana jeta un coup d'œil à Adam, visiblement furieux. En principe, elle aurait dû être reconnaissante à Mimi Latimer, dont les réflexions étaient sans doute le plus sûr moyen d'éloigner Adam de Robina. Mais, curieusement, elle n'éprouvait aucune satisfaction. Elle se dirigea vers le buffet et se servit une assiette de salade, plus pour se donner une contenance que parce qu'elle avait faim. Adam la rejoignit un peu plus tard, alors qu'appuyée contre la balustrade, un verre de sauvignon à la main, elle regardait les couples qui dansaient à l'autre bout de la terrasse au son du piano.

— J'en ai par-dessus la tête, de cette soirée ! s'exclama-t-il. J'ai hâte de porter le toast aux fiancés et de voir tout le monde partir. Dana, il faut que nous parlions, mais ici c'est impossible. J'ai l'impression d'être sous le feu des projecteurs. Puis-je t'appeler à ton bureau la semaine prochaine ? Pour boire un verre ou même dîner.

Elle baissa les yeux sur sa flûte pour masquer sa jubilation.

— Tu crois que nous pouvons ?

— Pourquoi pas ? Tu es libre de faire ce que tu veux, non ?

— Mais pas toi. Et je ne veux pas semer la zizanie entre Robina et toi.

— Aucun danger. Elle est sympa et nous avons passé de bons moments, mais c'est fini. Nous n'avons pas les mêmes aspirations.

Etait-elle au courant ? se demanda Dana avec embarras. Adam se rapprocha d'elle et baissa la voix.

— Sais-tu à quel point tu es superbe, ce soir ? Tu éclipses toutes les autres femmes. J'aurais dû m'en apercevoir il y a des années.

Je croyais que c'était le cas…

Elle fut décontenancée, mais elle décida aussitôt de l'ignorer. Le passé n'avait aucune importance. Ce qui comptait, c'était le présent. Et l'avenir plein de promesses… Les notes familières de *As Time Goes By* flottèrent dans la pénombre du crépuscule. Adam lui prit sa flûte des mains et la posa sur la balustrade.

— Viens danser.

Elle ne se fit pas prier. C'était comme si le temps avait fait marche arrière. Voilà comment ça aurait dû se passer sept ans plus tôt. Mais ça valait la peine d'attendre, se dit-elle en sentant la main d'Adam sur son dos nu. Elle avait si souvent rêvé de cet instant… Si souvent imaginé les frissons que déclencherait le contact de ses doigts sur sa peau… En fait, la réalité ne correspondait pas exactement à ses fantasmes. Ce qu'elle ressentait avant tout, c'était de la satisfaction. Elle était enfin dans les bras d'Adam, au vu de tout le monde. Nul doute que les frissons et les battements de cœur viendraient plus tard. Quand ses espoirs deviendraient des certitudes. Il lui fallait juste un peu de temps. Fermant les yeux, elle se concentra sur la mélodie en guettant les signes d'un trouble étrangement absent. La voix de Zac, nonchalante et moqueuse, la fit tressaillir.

— Le moment est venu de porter le toast, mon cher Adam. A moins que tu veuilles que je te remplace ?

— Non, j'y vais, bien sûr.

Adam se tourna vers les autres danseurs.

— Tout le monde dans le salon pour porter un toast aux fiancés, s'il vous plaît !

Tandis que la terrasse se vidait peu à peu, Dana resta

délibérément en arrière. Elle s'en félicita en voyant Robina rejoindre Adam et le prendre par le bras d'un geste possessif. Elle n'éprouvait aucune jalousie, constata-t-elle une fois de plus en gagnant à son tour le salon. Adam était dans son élément. Très à l'aise en maître des lieux, il fit un bref discours, à la fois chaleureux et plein d'humour. *Qui jouera ce rôle le jour de nos fiançailles ?* se demanda-t-elle en levant son verre au milieu des rires et des applaudissements. Eddie, peut-être. En tout cas, ça ne risquait pas d'être Zac. Et il ne lui adresserait certainement pas non plus des vœux de bonheur. Elle lui jeta malgré elle un regard furtif. Il était sur le seuil du salon, nonchalamment appuyé à l'encadrement de la porte, le visage impénétrable. Eh bien, il pouvait penser ce qu'il voulait… Elle passa le reste de la soirée à danser et à discuter. Il fallait se résigner. Elle ne passerait plus une seule minute en tête à tête avec Adam, que Robina ne quittait pas d'une semelle. Au bout d'un moment, elle finit par être épuisée à force d'arborer en permanence un sourire éclatant et de veiller à ne jamais se trouver à proximité de Zac. Ce fut un soulagement quand les gens commencèrent à s'en aller. Du café et des sandwichs attendaient dans le salon les invités qui logeaient sur place, mais elle n'avait qu'une envie. Monter dans sa chambre pour se détendre. Après avoir dit bonsoir à Nicola, elle s'éclipsa.

Dans le hall plongé dans la pénombre, elle s'immobilisa en laissant échapper un petit soupir. C'était là qu'Adam lui avait donné son premier baiser, au nouvel an…

— Malheureusement, ce n'est pas la saison du gui, *mia bella*. Vous devez vous contenter de vos souvenirs.

La voix de Zac n'était qu'un murmure, mais elle sursauta comme si un pétard venait de claquer à côté d'elle. Pivotant sur elle-même, elle rencontra son regard moqueur qui brillait dans l'ombre.

— Vous nous espionniez ce soir-là ? s'exclama-t-elle, plus fort qu'elle ne l'aurait voulu.

Il haussa les épaules.

— Je descendais juste l'escalier à ce moment-là. Adam m'a vu, mais vous, *mia cara*, vous étiez trop grisée par votre amourette de fin d'année pour me remarquer.

— J'étais une enfant, répliqua-t-elle sèchement.

— Une enfant qui apprenait à devenir une femme, comme nous le rappellent nos souvenirs communs.

Elle se hérissa. Ces souvenirs, elle voulait les oublier !

— Je ne suis pas d'humeur nostalgique. Excusez-moi.

Elle se tourna vers l'escalier, mais les mains de Zac se refermèrent sur ses hanches. Elle se figea. Ils n'étaient pas seuls. Des voix provenaient du salon, à quelques mètres. Il suffisait d'appeler et quelqu'un viendrait aussitôt. Elle resta muette. Immobile. Les lèvres de Zac effleurèrent sa nuque, puis descendirent le long de son épine dorsale, déposant un baiser sur chaque vertèbre. Elle s'entendit étouffer un gémissement, tandis qu'une vive chaleur l'envahissait et que les pointes de ses seins se durcissaient sous sa robe. Non…

C'était bien dans ce but qu'elle avait mis cette robe. Mais c'était Adam qui aurait dû être là, derrière elle, en train de réaliser ses fantasmes… Pas lui. Pas cet homme dangereux qui l'avait déjà assez traumatisée. Il fallait l'arrêter avant qu'il soit trop tard.

— Lâchez-moi.

Cette voix rauque et vibrante était-elle bien la sienne ?

— Lâchez-moi tout de suite…

Zac interrompit ses baisers, mais ses mains restèrent sur ses hanches tandis que son souffle chaud lui caressait la nuque. Puis, alors qu'elle avait de plus en plus de mal à réprimer les battements de son cœur — à cause de la panique, se répétait-elle —, il la lâcha.

Elle était libre. Elle gagna l'escalier et monta les marches. Mais une force inconnue l'obligea à se retourner bien avant d'arriver à l'étage, pour regarder par-dessus son épaule.

Le hall était vide.

Et, curieusement, elle se sentait vide, elle aussi.

— Insensé, murmura-t-elle en montant les dernières marches.

7.

Il n'y avait qu'Eddie et Nicola dans la salle à manger quand elle descendit, le lendemain matin, pour le petit déjeuner.

— Où est passé tout le monde ? demanda-t-elle en s'asseyant à table.

— Mes parents sont allés à l'église pour discuter encore avec le pasteur, et la petite bande joue au tennis avant qu'il fasse trop chaud, répondit Eddie en étalant de la confiture sur son toast. Comme mes parents, tu as bien fait de t'éclipser hier soir. Peu de temps après votre départ, un drame a éclaté dans le salon autour du café et des sandwichs. Mimi Latimer, qui devait être un pitbull dans une vie antérieure, a remis ça sur les perspectives matrimoniales d'Adam.

Il secoua la tête.

— Résultat, Zac est parti reconduire Robina en pleurs à Londres pour qu'elle débarrasse l'appartement d'Adam de ses affaires. Et ce dernier les suit, sans doute pour s'assurer qu'elle n'oublie rien.

— Quant à tante Mimi, elle est au lit avec un flacon d'eau de Cologne et un tube d'aspirine, intervint Nicola en servant du café à Dana. Génial, le week-end à la campagne.

— Mon Dieu, commenta Dana.

— Entièrement d'accord avec toi, approuva Eddie.

Puis il l'étudia attentivement.

— Mais tu sembles avoir besoin d'aspirine, toi aussi.

Elle avait surtout besoin de sommeil. Et de bonnes nouvelles… L'absence de Zac était un soulagement mais elle comptait voir Adam pour se mettre d'accord avec lui sur leur rendez-vous à Londres. Et voilà qu'il était parti sans un mot… Dana se força à sourire.

— Juste une overdose de champagne. Je m'en remettrai. Je suis désolée pour Robina, ajouta-t-elle. Mais ça apprendra peut-être à M. Belisandro à réfléchir à deux fois avant de se mêler de la vie privée d'Adam.

— Apparemment, c'est elle qui a pris l'initiative de venir, dit Nicola. Elle a envoyé un texto à Zac pour lui demander de venir la chercher à la gare et elle a pris le train. Il lui a dit que c'était une erreur et qu'elle ferait mieux de rentrer à Londres, mais elle ne l'a pas écouté.

La matinée fut longue et Dana regretta d'avoir décidé de rester déjeuner avec le reste des invités. Dès qu'elle eut fini de boire son café, elle monta faire ses bagages. Mme Harris sortait de sa chambre au moment où elle y arrivait.

— On m'a demandé de vous donner un mot, mademoiselle Grantham. La matinée a été mouvementée, si bien que je viens seulement de le déposer sur votre table de nuit.

— Merci, répondit-elle en feignant l'indifférence.

L'enveloppe posée contre la lampe contenait un bref message non signé.

« A bientôt. »

— A bientôt, Adam, murmura-t-elle. A très bientôt, j'espère.

Cependant, dix jours s'étaient écoulés lorsque la réceptionniste de Jarvis Stratton l'informa qu'il y avait un appel pour elle sur la ligne 2. Elle décrocha en pensant que c'était Nicola.

— Bonjour. Comment va le marché immobilier ?

Adam, enfin ! Submergée par un vif soulagement, elle prit un ton désinvolte.

— Florissant, merci. Et comment se portent les relations publiques ?

— En l'occurrence, j'ai plutôt envie de me pencher sur les relations privées. Ça te dirait de déjeuner avec moi aujourd'hui ?

Elle hésita. Il était bien sûr de lui. Elle avait presque envie d'inventer un empêchement et de lui proposer un rendez-vous pour la semaine prochaine... Mais pourquoi se frustrer par fierté ?

— Tu appelles au bon moment. Je n'ai encore rien prévu.

— Génial. Il y a un bar à vin pas loin de ton agence. Chez Sam. On pourrait s'y retrouver à 13 heures ?

— D'accord. Je te laisse. J'ai un appel sur une autre ligne.

Ce n'était pas vrai, mais elle craignait de trahir son excitation. Si elle avait su, elle aurait mis autre chose qu'une jupe bleu marine et un corsage rayé bleu et blanc... Mais pour un déjeuner en semaine il ne pouvait pas s'attendre à une tenue hyper-sexy, se dit-elle en se remettant du rouge à lèvres et en vaporisant quelques gouttes d'eau de toilette au creux de ses poignets et de son cou.

Il l'attendait au bar.

— C'est plein, dit-elle en parcourant la salle du regard.

— Toujours, mais une table nous attend dans le jardin, à l'arrière. Avec une bouteille de frascati glacé.

— Un de mes vins préférés.

Mais elle ne boirait pas plus d'un verre, se promit-elle.

— J'étais très impatient de te revoir, déclara Adam quand ils eurent commandé. Je comptais te demander ton numéro de portable à Mannion mais le week-end a dégénéré.

Si tu étais si impatient, tu aurais pu le demander à Nicola ou m'appeler plus tôt au bureau.

— Je suppose que le problème est réglé, commenta-t-elle sobrement.

— Oui, Dieu merci. Je ne dis pas ça contre Robina,

précisa-t-il aussitôt. C'est une fille fantastique, et un jour elle rendra un homme heureux. Seulement, cet homme, ce n'est pas moi.

C'était ce que Dana voulait entendre. Alors pourquoi était-elle aussi tendue ? se demanda-t-elle avec perplexité. A son grand soulagement, l'arrivée d'une corbeille de pain croustillant et d'un bol d'olives fut l'occasion de changer de sujet.

— Tu joues toujours au tennis ? lança-t-elle d'un ton léger.

— Très rarement. Aujourd'hui, tous mes loisirs sont tournés vers la mer. Je fais partie d'un club de voile sur la côte Sud, et je pratique souvent le surf et la plongée en Cornouailles ou ailleurs. J'appartiens également à un club de recherche d'épaves.

— Chasse au trésor ?

— Oh ! il ne faut pas rêver ! Mais l'océan reste la plus vaste région inexplorée de la planète, et ça me fascine. Nic me prend pour un fou, bien sûr. Mais elle n'a rien d'une aventurière. Son rêve, c'est de fonder une famille avec Eddie.

— C'est ce qui fait tourner le monde pendant que les aventuriers parcourent les régions inexplorées, répliqua-t-elle, perturbée par la pointe de sarcasme dans la voix d'Adam.

Il se pencha vers elle.

— Ecoute, Dana, je ne prétendrai pas avoir mené une vie exemplaire ces dernières années. Pour être franc, j'ai même eu tendance à me laisser aller à la dérive. Mais aujourd'hui tout a changé. J'ai un but dans la vie. Peux-tu comprendre ça ?

Elle hocha la tête. Bien sûr. Le délai légal de sept ans précédant la conclusion définitive de la donation l'avait maintenu dans une situation ambiguë. Mais cette période touchait à sa fin. Très bientôt, il deviendrait propriétaire de Mannion à part entière. Les choses seraient plus claires.

— Je comprends parfaitement.

— Dans ce cas, nous pouvons éviter les questions embarrassantes… de part et d'autre. Après tout, nous sommes tous les deux adultes et pleins d'expérience.

S'il faisait allusion à l'expérience sexuelle, l'image qu'il avait d'elle ne correspondait pas à la réalité, songea-t-elle. Elle fut soulagée de voir le serveur arriver avec le steak frites d'Adam et sa salade César. Lorsqu'ils eurent terminé leurs plats, elle déclina la proposition d'un dessert et posa la main sur son verre quand Adam voulut le remplir.

— Je dois travailler, cet après-midi.

— Ah. Et moi qui espérais te convaincre de faire l'école buissonnière par ce beau temps. Nous pourrions finir tranquillement cette bouteille ici. Et pourquoi pas en ouvrir une autre chez moi.

Il lui caressa la main.

— Ce n'est qu'à quelques minutes d'ici en taxi. Il est facile de trouver une excuse pour ne pas retourner travailler.

— Pour toi, peut-être, mais moi j'ai des rendez-vous que je ne peux pas annuler. Même si ta proposition est tentante, ajouta-t-elle, en s'efforçant de dissimuler son agacement.

De toute évidence, il ne doutait pas un seul instant qu'elle était prête à sauter dans son lit…

— Tu as vraiment envie de passer le reste de ta vie à vendre des appartements ?

— Non, pas vraiment. Mais pour l'instant ça paye bien et j'aime ça. Deux bonnes raisons de m'accrocher.

— Moi, j'ai hâte de changer de vie, dit Adam d'un ton soudain exalté. De redevenir mon propre patron au lieu d'être à la botte de Zac.

— Tu veux dire quand tu deviendras définitivement propriétaire de Mannion ?

— Oui. J'attends ça avec impatience.

Moi aussi.

— Alors je n'ai vraiment aucune chance de te convaincre d'abandonner ton poste pendant quelques heures ?

— Pas cette fois. J'ai trop à perdre.

— Alors, quand le jour viendra, il faudra que je fasse en sorte que tu ne le regrettes pas, conclut-il avant de demander l'addition.

Son air satisfait hérissa Dana. Pas de doute, il était convaincu que c'était dans la poche. Sans doute avait-il l'habitude de parvenir à ses fins sans efforts. Eh bien, il allait découvrir qu'avec elle ce n'était pas aussi facile qu'avec les autres, décida-t-elle en griffonnant son numéro de portable au dos d'une carte de visite.

— Toi et Adam ?

Nicola ouvrit de grands yeux.

— Depuis quand ?

— Une quinzaine de jours. Il ne t'en a pas parlé ?

— Je me doutais qu'il y avait quelqu'un… Mais de toute façon il y a toujours quelqu'un.

Nicola lança à Dana un regard inquiet.

— Tu en es consciente, n'est-ce pas ?

— Oui, ne t'inquiète pas. Et puis, nous ne sommes pas vraiment ensemble, confia Dana.

Parce qu'elle freinait Adam… qui de son côté faisait tout pour l'attirer dans son lit. Et, s'il était intrigué par sa résistance, il commençait également à perdre patience. Mais elle n'avait pas l'intention de céder tant qu'elle n'aurait pas l'assurance qu'il était prêt à s'engager. Il l'avait invitée à l'accompagner à la réception organisée par Belisandro International la semaine prochaine, ce qui semblait bon signe. D'autant plus que Nicola et Eddie seraient également présents. La conférence paneuropéenne de Belisandro devait se tenir à Londres, et Adam s'était plaint à plusieurs reprises du surcroît de travail que cela entraînait et des exigences de Zac, qui tenait à ce que tout soit parfait dans les moindres détails.

— Toutes les compagnes des congressistes hommes

recevront un bracelet en cadeau, et les compagnons des congressistes femmes, des boutons de manchettes. Le tout en or, bien entendu. Et présenté solennellement par Signor Ottaviano Belisandro, M. Père en personne, de retour en pleine forme après son opération.

Il avait eu un petit rire moqueur.

— On va voir si le fiston surdoué apprécie d'être relégué au second rôle.

Dana n'avait pu s'empêcher d'être choquée par ces commentaires narquois. Après tout, la société d'Adam avait fait faillite, et, même s'il n'était qu'un rouage du service communication de Belisandro, il avait eu de la chance de se voir proposer un poste qui lui avait permis de continuer à vivre confortablement. Et qu'il semblait prêt à laisser tomber. Mais sans doute avait-il été débauché par un chasseur de têtes pour un poste encore mieux payé.

— Et mets cette robe noire que tu portais aux fiançailles de Nic, avait-il ajouté. Je veux t'exhiber.

— Impossible, avait-elle répondu d'un ton froid. Je l'ai donnée à une organisation caritative.

— Pourquoi ? Tu étais sublime avec.

— C'était la robe d'une seule soirée.

Comment aurait-elle pu la remettre ? Elle lui aurait rappelé de nouveaux souvenirs importuns. Toujours liés au même homme. Cet homme dangereux, qui n'était pas le bon… D'ailleurs, à la réception de Belisandro International, elle n'avait aucune envie d'attirer l'attention. Surtout pas celle de l'homme en question. Si elle avait pu trouver une excuse valable, elle n'y aurait même pas mis les pieds. Elle décida de se cantonner au noir et s'acheta une robe de crêpe de soie qui arrivait à mi-mollet, avec des manches au coude et un décolleté peu profond. Une robe si peu provocante qu'elle était presque rébarbative. Adam, bien sûr, lui dit qu'elle était superbe. Un rituel qu'il suivrait sans doute même si elle était ficelée comme un sac… Ils partagèrent un taxi avec Nicola et Eddie pour se rendre à l'hôtel Capital Imperiale où se tenait le congrès. La réception avait lieu dans la salle de bal du premier étage, immense pièce éclairée par d'imposants lustres de cristal. Un quartet de jazz installé sur une estrade assurait l'ambiance musicale.

— Le buffet est dans la pièce voisine, expliqua Adam. Restauration collective à grande échelle.

Son ton ironique lui valut un regard aigu de sa sœur.

— Tant mieux, dit-elle d'un ton enjoué en prenant une flûte de champagne sur le plateau d'un serveur. Parce que je me suis affamée toute la semaine pour pouvoir entrer dans cette robe. Alors ce soir je pourrais dévorer un bœuf rôti… entier.

Eddie la prit par la taille.

— Allons voir si nous en trouvons un…

Au même instant, une jeune femme à lunettes, grande et mince, se précipita vers leur groupe.

— Adam… enfin ! Nous avons un problème.

— Carol, c'est une réception, protesta Adam d'un air excédé. Ça peut sûrement attendre demain, non ?

— Non. Ça concerne les cadeaux destinés aux compagnons des congressistes. Ils n'ont pas été livrés. Or Signor Belisandro attend pour faire la présentation. C'est une des raisons pour lesquelles il est venu d'Italie. Dis-moi que tu as bien confirmé la date et l'heure aux fournisseurs.

— Evidemment !

— Nous allons être obligés de vérifier. Le directeur de l'hôtel a mis à notre disposition une pièce équipée d'un ordinateur pour que nous puissions chercher d'où vient le problème. Tant que nous n'aurons pas trouvé, nous pouvons oublier la réception.

Adam jura à mi-voix, puis il se tourna vers Dana.

— Mon cœur, je suis vraiment désolé. Reste avec Nic et Eddie le temps que je règle ce problème… s'il existe vraiment. J'en ai au pire pour une demi-heure.

— Bien sûr. Et bonne chance, déclara Dana avec un sourire contraint.

— Il va en avoir besoin, commenta Nicola d'un ton caustique, tandis que son frère s'éloignait en compagnie de Carol. A mon avis, il va lui falloir beaucoup plus d'une demi-heure et un sacré baratin pour s'en sortir.

Dana ouvrit de grands yeux.

— Tu crois que c'est lui le responsable ?

— J'en mettrais ma main à couper. Adam préfère les grandes idées aux petits détails. Une date de livraison, c'est trop trivial pour qu'il s'en préoccupe. Il laisse ça au commun des mortels. Ce qui explique sans doute pourquoi Carol a bénéficié d'une promotion et pas lui.

Ça expliquait sans doute également pourquoi il avait tellement envie de changer de travail, songea Dana en se dirigeant vers le buffet en compagnie d'Eddie et de Nicola. Celle-ci soupira d'aise devant le grill abondamment garni en viandes de toutes sortes, et l'immense table couverte de plateaux de fruits de mer et de salades exotiques.

Tandis que les jeunes fiancés dévoraient leur viande avec enthousiasme, Dana se contenta d'un petit morceau de langouste accompagné de riz. Comme elle aurait aimé être ailleurs… De préférence à des centaines de kilomètres ! De toute évidence, Nicola avait vu juste. Déjà plus d'une heure sans le moindre signe d'Adam. Or, sans lui, elle se sentait étrangement vulnérable.

— Je crois que je vais m'éclipser, finit-elle par dire aux deux fiancés.

Restant sourde à leurs protestations, elle prit congé d'eux et se dirigea vers la sortie. Elle traversait le hall en direction du vestiaire, où elle avait déposé son châle, quand Zac sortit de l'ascenseur.

— J'espère que vous ne partez pas, dit-il en la rejoignant.

— Si, justement. Quand Adam m'a invitée à cette soirée, il ne s'attendait pas à la passer à travailler.

— Je comprends votre déception et j'en suis désolé,

mais il ne peut s'en prendre qu'à lui-même. Par ailleurs, votre invitation émanait de moi. Si vous vous souvenez, je vous avais promis que nous nous reverrions.

— Vous… m'avez promis ?

— Dans mon mot. Il vous a bien été remis, à Mannion ?

— Oui… Mais je n'avais pas compris qu'il était de vous.

— Ah. Une autre déception… En tout cas, vous ne pouvez pas partir maintenant. Il y a quelqu'un qui souhaite faire votre connaissance.

— Merci, répliqua-t-elle d'un ton crispé. Mais, si ça ne vous ennuie pas, je vais m'en tenir à ce que j'avais décidé et chercher un taxi.

— Mais si, ça m'ennuie, Dana *mia*, insista Zac en lui prenant la main. Non seulement j'ai envie que vous restiez, mais mon père n'aime pas attendre.

Son père… ? Elle tenta vainement de libérer sa main.

— Je suis désolée, mais je dois vraiment y aller.

— Il n'aime pas non plus voir ses souhaits déçus.

Elle foudroya Zac du regard.

— C'est de famille, sans doute.

— Félicitations pour votre perspicacité, *mia bella*.

— Je ne suis *pas* à vous et je ne suis *pas* belle !

— Exact pour la première proposition, du moins pour l'instant. Quant à la seconde, je reconnais que cette robe ne rend pas honneur à votre beauté. Mais sans elle… *Madonna !*

A sa grande irritation, Dana resta sans voix. Et en plus elle devait être écarlate ! se morigéna-t-elle tandis que Zac l'entraînait dans l'ascenseur, qui monta directement au dernier étage.

8.

Si elle avait croisé Ottaviano Belisandro dans la rue, elle aurait tout de suite su de qui il était le père. Ce fut la première pensée de Dana. Lorsqu'il se leva pour la saluer, elle ne put s'empêcher d'être impressionnée par l'assurance et l'autorité qui émanaient de sa personne. Et qu'il avait transmises à son fils, comme sa stature et les traits de son visage.

— Papa, je te présente Mlle Dana Grantham.

— Enchanté, dit Ottaviano Belisandro, avec un accent plus prononcé que celui de son fils.

Sa poignée de main était ferme, et son regard, franc. Il indiqua le fauteuil situé en face de lui, de l'autre côté de la cheminée de marbre.

— Asseyez-vous, je vous en prie, *signorina*.

Elle s'exécuta à contrecœur, Zac s'étant placé derrière le fauteuil en question, les deux mains sur le dossier.

— Je suis heureux de faire enfin la connaissance de la nièce de la dame qui s'occupe de ma cousine Serafina avec dévotion, déclara Ottaviano Belisandro en se rasseyant. Je regrette que l'occasion ne se soit pas présentée plus tôt. Mais vous n'êtes jamais allée voir votre tante en Italie, *signorina*. Pourquoi donc ?

La réponse à cette question inattendue était : « Parce que je ne serais pas la bienvenue. » Mais mieux valait en choisir une autre, plus diplomatique, décida-t-elle.

— J'ai un travail très prenant, Signor Belisandro. Mes

vacances ont tendance à se décider à la dernière minute et je reste la plupart du temps en Angleterre.

— Vous manquez quelque chose, *signorina*. Ma cousine Serafina habite tout près de chez moi, au bord du lac de Côme, l'un des plus beaux endroits du monde.

Ottaviano Belisandro fit une pause avant de demander :

— Votre travail représente beaucoup pour vous ?

Oui, bien sûr... C'était ce qu'elle aurait dû répondre, songea Dana. Mais ce qui comptait le plus pour elle, ce n'était pas sa carrière. C'était Mannion. Depuis toujours. Il n'y avait pas de place pour autre chose dans sa vie. Voilà ce qu'elle avait envie de crier haut et fort pour que tout Londres l'entende. Et en particulier l'homme qui se tenait derrière elle. Tout près d'elle. Beaucoup trop près...

— Jarvis Stratton est l'une des plus grandes agences immobilières de Londres. C'est un privilège d'y travailler. Je suis consciente d'avoir beaucoup de chance.

— Certes, mais à part ça vous n'avez pas de rêves, *signorina* ?

— Dans le contexte économique actuel, Signor Belisandro, les rêves sont un luxe que tout le monde ne peut pas s'offrir.

Elle se leva.

— Merci pour votre accueil chaleureux, mais j'ai suffisamment abusé de votre temps. Il faut que je rejoigne mes amis.

Ottaviano Belisandro se leva à son tour.

— Dans ce cas, mon fils va vous accompagner. Moi-même, j'ai un coup de téléphone à donner, et ensuite je descendrai à mon tour. Nous boirons tous un verre ensemble, d'accord ?

Non !

— C'est très aimable à vous, *signore*. Mais vous devez être très sollicité, ainsi que... votre fils. Je ne veux pas vous déranger. Bonne soirée.

Elle quitta la pièce et longea le couloir jusqu'à l'ascenseur.

Suivie de près par Zac, constata-t-elle quand il referma la main sur la sienne au moment où elle s'apprêtait à appuyer sur le bouton.

— Vous êtes vraiment décidée à vous enfuir ?

— Je vous rappelle que je m'en allais tout à l'heure quand vous m'avez arrêtée.

— Je vous ai demandé de rester et je réitère cette demande.

— Pour boire un verre avec votre père ? Est-il censé boire de l'alcool après une opération du cœur ?

— Non, à vos deux questions. Ne faites pas semblant de ne pas comprendre ma demande. Vous savez très bien, *mia bella*, que j'ai envie de vous garder auprès de moi toute la soirée et toute la nuit.

— Toujours non, répliqua-t-elle en baissant les yeux sur la moquette rouge.

Il fallait éviter à tout prix de croiser son regard étincelant. Malheureusement, ça ne suffisait pas à effacer le souvenir de ses lèvres sur sa peau… Elle déglutit péniblement.

— Et comment osez-vous me faire une proposition aussi insultante ? Vous savez parfaitement que je suis avec Adam.

— Faux. Parce que vous n'êtes pas assez en confiance pour vous donner à lui. Sur ce point au moins, vous faites preuve de bon sens.

— Mon bon sens me dit justement de m'en aller maintenant. A moins que vous n'ayez l'intention de me retenir de force.

— Je n'aurai pas besoin d'utiliser la force. Vous le savez aussi bien que moi, ma chère hypocrite. Ou bien voulez-vous que je vous le prouve ?

— Tout ce que je veux, c'est m'en aller ! Et ne plus jamais vous voir.

Zac lâcha la main de Dana, appuya sur le bouton d'appel, puis s'écarta alors que les portes de l'ascenseur s'ouvraient.

— *Buona notte*, Dana *mia*, dit-il, imperturbable. Dormez bien.

Elle entra dans la cabine et se retourna vers lui en relevant le menton.

— Vous ne me souhaitez pas de faire de beaux rêves ?

— Non, répondit-il avec un sourire nonchalant. Parce que, si vous restiez, vous trouveriez la réalité bien plus belle que vos rêves.

Ce sourire la tourmenta pendant tout le trajet du retour et la nuit qui suivit.

— D'accord, j'ai commis une erreur, je le reconnais.

Adam haussa les épaules.

— Mais ce n'est pas dramatique. La présentation a eu lieu avec un jour de retard, c'est tout. Cette enquiquineuse de Carol n'avait pas besoin de me prendre la tête jusqu'à 2 heures.

Il émit un grognement dédaigneux.

— Elle doit avoir peur pour son poste.

Dana lui lança un regard circonspect.

— Tu n'as pas les mêmes inquiétudes ?

— Je ne rêve pas de garder le même boulot toute ma vie, avec points de retraite et paiement des congés de maladie. J'ai d'autres projets.

Et quand vas-tu te décider à m'en parler ?

— Mais au moins le grand Don Ottaviano repart en Italie demain, poursuivit Adam. Nous allons tous pouvoir arrêter de nous méfier de notre ombre.

— Tu en parles comme si c'était un parrain de la Mafia, protesta-t-elle.

— Il y a un peu de ça, sauf qu'il joue seulement avec la vie professionnelle des gens et pas avec leur vie tout court. Apparemment, il a fait une apparition à la soirée et tout le monde a été obligé d'aller le saluer personnellement, y compris Nic et Eddie. Tu as au moins échappé à ça.

— Oui, répondit Dana avec un sourire contraint. J'ai eu cette chance.

— Et, dès qu'un Belisandro s'en va, un autre arrive. Mais, bon, si Serafina vient, c'est pour conclure définitivement la donation. Je ne devrais pas me plaindre.

Non, en effet, tu ne devrais pas. Dana consulta sa montre.

— Il faut que je file. J'ai rendez-vous pour une visite.

— Il y a toujours quelque chose… Bon sang, Dana, quand allons-nous enfin être ensemble ? Je veux dire *vraiment* ensemble ?

— Quand le moment sera venu. Pour l'instant, nous avons tous les deux d'autres choses en tête.

Sur ces mots, elle s'en alla, soulagée de ne pas avoir à préciser quelles « choses » elle avait en tête. Adam n'était pas le seul à être encore éveillé à 2 heures, la nuit de la réception. Après s'être couchée, combien de temps était-elle restée les yeux grands ouverts dans le noir à se demander si la lobotomie était le seul recours pour se débarrasser définitivement du souvenir de Zac Belisandro ?

Bien sûr, qu'elle avait raison, se dit Dana en route pour Mannion. Elle avait fait attendre Adam assez longtemps. Aujourd'hui, alors qu'après sept ans d'attente il était enfin devenu propriétaire à part entière de Mannion, elle allait lui donner une raison supplémentaire de se réjouir en le rejoignant là-bas. Quel soulagement, que tout soit enfin réglé… Ces derniers jours, Adam avait été sur les nerfs, et par moments il s'était montré si insistant qu'elle avait eu toutes les peines du monde à freiner ses ardeurs.

Mais apparemment sa résistance avait payé. La dernière fois qu'elle l'avait vu, deux jours plus tôt, il lui avait murmuré à l'oreille :

— Quand cette affaire de Mannion sera réglée, il va falloir que nous parlions sérieusement, tous les deux.

Il semblait effectivement très sérieux. Demande en

mariage ? Un peu prématuré, peut-être, mais exactement ce qu'elle visait depuis le début. Et il ne pouvait pas y avoir de cadre plus parfait que Mannion pour ce moment crucial… Au début, elle avait pensé lui faire la surprise de son arrivée, puis elle avait décidé qu'il valait mieux être prudente au cas où Serafina aurait décidé de s'attarder à Mannion au lieu de rentrer immédiatement en Italie. Le portable d'Adam étant visiblement éteint, elle avait téléphoné au manoir et laissé un message sur le répondeur.

— J'ai eu une idée. Si je venais avec une bouteille de champagne pour te féliciter en personne et passer la soirée avec toi ? Si ça pose un problème, préviens-moi. Je compte partir vers 15 heures.

Elle avait attendu un appel ou un texto lui disant qu'il avait hâte de la voir, mais elle n'avait rien reçu. Après avoir hésité, elle avait décidé de partir quand même. Après tout, elle avait pris une journée de congé et passé la matinée chez l'esthéticienne. Elle avait même choisi un vernis à ongles corail assorti à la robe qu'elle avait achetée pour l'occasion. Bien sûr, elle était un peu nerveuse à l'idée de s'offrir à lui pratiquement dans un paquet cadeau, mais ne disait-on pas « Qui ne risque rien n'a rien ? »

Contrairement à ce qu'elle espérait, ce ne fut pas Adam qui lui ouvrit la porte mais Mme Harris, visiblement surprise de la voir.

— Mlle Grantham ?

Elle arbora un sourire confiant.

— Bonjour, madame Harris. Le nouveau maître de maison est là ?

— Eh bien… oui. Si vous voulez bien attendre dans la bibliothèque, je vais le prévenir que vous souhaitez lui parler.

Pas seulement lui parler, se dit Dana en s'efforçant d'ignorer les doutes qui lui nouaient l'estomac. Dans la bibliothèque, elle sortit de sa petite valise de week-end la bouteille de Cristal achetée pour l'occasion et la posa sur le bureau. Elle entendit la porte s'ouvrir et se retourna en souriant.

— *Buongiorno*, Dana *mia*. Et bienvenue.

— Vous ? s'exclama-t-elle d'une voix étranglée, tandis que Zac refermait la porte. Que faites-vous ici ? Où est Adam ?

— A Londres. Il est reparti après avoir accompagné Serafina à l'aéroport. Il tenait à la remercier et à lui dire un dernier *addio*.

— Dernier ? Elle est malade ?

— A part une opération de la hanche imminente, elle se porte comme un charme. Si Adam souhaitait lui dire au revoir, c'est parce qu'il n'aura pas l'occasion de la revoir avant longtemps. Il sera beaucoup trop occupé en Australie.

En Australie ? Dana regarda Zac avec effarement.

— Mais peut-être ne vous a-t-il pas fait part de ses projets ?

— C'est vous, le responsable ! s'exclama-t-elle, outrée. Vous l'avez muté à Melbourne, c'est ça ?

— Je respecte trop mes collèges de Melbourne pour leur imposer Adam, répliqua Zac d'un ton sec. Non. Il a acheté des parts dans la société de location de voiliers de son père et de son oncle par alliance. Il va travailler en association avec eux à Gold Coast. Il part la semaine prochaine.

Dana se laissa aller contre le bureau et s'agrippa au bord à en avoir mal aux doigts.

— Après avoir attendu Mannion pendant tout ce temps, il y renonce pour aller en Australie ? C'est impossible.

— Pourquoi ? Son père est parti. Et sa mère également.

— Mais il ne peut pas abandonner Mannion !

— Je crois au contraire qu'il l'a abandonné depuis longtemps, *mia bella*.

— Dans ce cas, pourquoi a-t-il accepté la donation ?

— Serafina tenait à ce que le manoir de son mari reste dans la famille Latimer. Quand son père a décidé qu'il préférait vivre au soleil, Adam est devenu l'héritier. Au début, il a été flatté. Mais très vite il a commencé à réfléchir aux avantages financiers qu'il pourrait tirer de cette situation.

— Vous voulez dire qu'il a l'intention de le louer pendant son absence ? demanda Dana, soudain pleine d'espoir.

— Non.

— Il ne peut pas le laisser inoccupé. Il a donc dû prévoir des gardiens. C'est parfait, ajouta-t-elle en retrouvant le sourire. Quel que soit le prix qu'il a prévu de les payer, je suis prête à assumer la fonction pour un salaire inférieur… tout en m'occupant beaucoup mieux de la maison que des étrangers. C'est une proposition qu'il ne peut pas refuser.

— Et ce travail à Londres qui vous plaît tant ?

— Vous ne comprenez pas que la seule chose qui compte pour moi, c'est Mannion ? Depuis toujours ! Je suis prête à tous les sacrifices pour revenir vivre ici et remettre la propriété à neuf.

Zac eut une moue désabusée.

— Je sais tout cela. Je l'ai toujours su. Sinon, pourquoi aurions-nous cette conversation ?

Elle ne l'écoutait pas.

— Il faut que je rentre à Londres. Il faut que je lui parle.

— Vous perdriez votre temps.

— Vous ne pouvez pas dire ça. Il sera heureux de laisser Mannion en de bonnes mains. De savoir qu'il pourra y revenir quand il aura pris conscience que son départ en Australie est une erreur.

— Ce manoir est votre passion, pas la sienne, Dana *mia*. Il ne vit que pour le surf, et il part s'installer dans un endroit connu comme le paradis des surfeurs. J'espère pour lui qu'il y trouvera son éden personnel, ajouta Zac d'un ton sarcastique. Parce que le secteur des relations publiques n'a plus rien à lui offrir.

— C'est facile pour vous d'ironiser ! L'homme qui a toujours tout eu. La prunelle des yeux de son père.

— Nous, les Belisandro, nous avons dû lutter pour maintenir notre suprématie commerciale. Ne croyez pas que ça a été facile.

Dana suivait toujours son idée.

— Il faut que j'y aille, dit-elle en consultant sa montre. Il faut que je parle à Adam. Et je ne veux pas vous retarder non plus. Je suis sûre que vous êtes attendu quelque part pour des affaires importantes.

— Pas aujourd'hui. Par ailleurs, vous souhaitiez me parler, je crois. Or jusqu'à présent nous n'avons parlé que d'Adam.

— Mme Harris a mal compris. J'ai demandé à parler au maître de maison.

— C'est vous qui ne comprenez pas, *mia bella*. Depuis aujourd'hui à midi, je suis le nouveau propriétaire. Alors, nous pourrions peut-être ouvrir la bouteille de champagne que vous avez eu la bonne idée d'apporter pour porter un toast à la renaissance de Mannion ?

Dana eut un étourdissement.

— Ce n'est pas vrai… Il n'a pas pu…

— Vous voulez voir les papiers ? Ils sont dans un tiroir de ce bureau. Avec le reçu d'Adam. Alors ?

Elle secoua la tête, hébétée. Zac la prit par le bras et l'entraîna jusqu'au salon, où il la fit asseoir sur un canapé avant de disparaître. Pendant un moment elle resta figée, puis elle enfouit son visage dans ses mains, le corps secoué de sanglots sans larmes. Quel désastre ! Tout ce qu'elle avait dit… Tout ce qu'elle avait dévoilé… Elle n'aurait pas pu se trahir davantage. Mais, justement, inutile d'en rajouter. Il fallait à tout prix qu'elle se ressaisisse et qu'elle tente de limiter les dégâts. Lorsque Zac revint avec du café sur un plateau, elle s'était recoiffée avec ses doigts et elle attendait, le visage rasséréné, les mains croisées sur les genoux.

— Ça va ? demanda-t-il en posant le plateau sur la table basse.

— Oui… Non ! Je ne comprends pas comment il a pu vendre son héritage !

Haussant les épaules, il s'assit dans un fauteuil en face d'elle.

— Pour l'argent, bien sûr.

— Mais… Mme Latimer… Comment l'a-t-elle pris ?

— Serafina est quelqu'un de pragmatique. Elle a fait la donation parce qu'elle pensait que c'était ce qu'aurait souhaité son mari, mais le reste ne regardait qu'Adam.

— Mais pourquoi vous l'a-t-il vendu à vous ?

— Ah, vous avez visiblement compris que nous ne nous apprécions guère. Même réponse. Pour l'argent. J'ai payé comptant le prix qu'il demandait. D'où une transaction simple sans négociations interminables ni frais de justice. Il n'avait pas besoin de m'apprécier pour y trouver son intérêt.

Dana inspira profondément.

— Mais vous… vous tenez vraiment à Mannion ?

— Cet endroit a son charme. Et j'ai besoin d'un point de chute en dehors de mon appartement londonien.

Elle secoua la tête.

— Un point de chute… Pauvre Mannion. Et moi qui ne me doutais de rien… A propos, vous avez eu le message que j'ai laissé sur le répondeur, bien sûr. Et vous n'avez pas eu l'idée de m'appeler pour m'expliquer la situation ?

— Surtout pas, *mia cara*. Mais je suis désolé de vous avoir privé de la célébration que vous aviez prévue, ajouta Zac avec un sourire narquois.

A vrai dire, elle était soulagée, constata-t-elle. Jusque-là, elle n'avait pas mesuré à quel point elle appréhendait de coucher avec Adam…

Zac servit le café et lui tendit une tasse.

— Je le préfère avec du lait, dit-elle en relevant le menton.

— Pour cette fois, je vous conseille de le boire noir.

Il se cala dans son siège et étendit les jambes.

— Parce que, Dana *mia*, vous risquez d'avoir besoin de caféine pure quand vous entendrez ce que j'ai à vous dire.

9.

Elle ne voulait pas de café. La dernière chose dont elle avait besoin, c'était un stimulant alors qu'elle était déjà tendue à l'extrême. Mais elle n'avait pas non plus envie de discuter. Pourquoi ce ton solennel ? Où voulait-il en venir ? Elle but une gorgée de café, puis elle s'efforça de prendre un ton léger pour masquer son malaise.

— Vous semblez bien sérieux.

— Le mariage est une chose sérieuse.

Elle reposa sa tasse.

— Je ne savais pas que vous envisagiez de vous marier.

— J'y pense depuis quelque temps.

— Votre père doit être heureux.

— Je pense qu'il le sera…

Elle reprit sa tasse, soudain en proie à un abattement étrange. C'était parce qu'elle venait de perdre Mannion, se dit-elle en buvant une autre gorgée de café.

— Dites-moi, reprit Zac après un silence. A votre avis, que faudrait-il faire pour éviter à Mannion de devenir un vulgaire point de chute ?

— C'est avec votre future épouse que vous devez en discuter.

— Alors épousez-moi. Et sauvez Mannion de son destin.

Elle tressaillit et renversa du café sur sa robe corail.

— Si c'est une plaisanterie, je ne la trouve pas drôle, dit-elle d'une voix étranglée.

— Je suis très sérieux. Je vous demande de m'épouser, Dana *mia*.

Elle déglutit péniblement.

— Dans ce cas, vous devez être fou. La réponse est non.

Zac poussa un soupir théâtral.

— Il y a quelques secondes, vous affirmiez que vous ne reculeriez devant aucun sacrifice pour revenir vivre ici.

Oh ! mon Dieu… Que lui avait-il pris de lui dire ça ? Elle prit une profonde inspiration.

— Mais le mariage… Je ne suis pas à vendre.

— Vous étiez prête à vous vendre à Adam.

— Vous n'avez pas le droit de dire ça. J'ai une relation avec lui et vous le savez parfaitement.

— Une relation si étroite que vous ignoriez tout de ses projets en Australie.

— Peut-être attendait-il d'avoir touché l'argent pour m'en parler.

— Vous pensez qu'il va vous demander de partir avec lui en Australie pour y partager sa vie de surfeur ? Et, si oui, allez-vous accepter ? Tout quitter pour lui ?

A quoi bon mentir ? Même s'il ne dardait pas sur elle ce regard implacable, ce serait inutile… Elle secoua la tête.

— Dans ce cas, nous sommes faits pour nous entendre. Vous voulez Mannion, et moi, *carissima mia*, c'est vous que je veux.

Zac eut un haussement d'épaules désinvolte.

— Au fond, c'est très simple.

— Simple ? répéta-t-elle avec incrédulité. Dans quel univers parallèle ?

Elle avait du mal à respirer. Et malheureusement ça n'échappait pas à Zac, à en juger par les coups d'œil qu'il lançait à sa poitrine… De plus en plus troublée, Dana s'humecta les lèvres. Et se maudit aussitôt. Ça non plus, ça n'avait pas échappé à Zac… Il était urgent qu'elle s'en aille.

— Apparemment, votre amour pour cette maison n'est

pas aussi fort que vous le prétendez, commenta-t-il d'une voix traînante.

— Pour le satisfaire, il existe d'autres solutions que le mariage. Je suis prête à travailler ici comme gouvernante, comme ma tante autrefois, par exemple.

— Ce qui priverait la signora Harris de son emploi. Ce serait vraiment injuste. Non. Vous connaissez mes conditions. Elles ne changeront pas.

Zac eut un sourire cynique.

— Vous étiez prête à accepter ce genre d'arrangement avec Adam. Au moins, vous ne serez pas obligée de faire semblant d'être amoureuse de moi.

— Avez-vous pensé à votre père ? demanda-t-elle en désespoir de cause. La nièce illégitime d'une gouvernante n'est certainement pas le genre d'épouse qu'il espère pour vous.

— Peut-être, mais il a toujours su que ce serait moi et moi seul qui choisirais ma femme.

— Vous semblez avoir réponse à tout…

— C'est votre réponse à vous qui m'importe. Si je vous déplais tant que ça, dites-vous qu'en réalité vous épouserez Mannion et que ce sera donc un mariage d'amour.

Elle se mordit la lèvre. L'ironie était nettement perceptible dans la voix de Zac. Il ne pouvait pas avoir réellement l'intention de l'épouser. Pour la raison qu'elle venait d'évoquer, mais surtout parce qu'il n'était pas du genre à se marier. Non, en réalité, il avait décidé de la tourmenter. Il devait trouver très amusant de la soumettre à la tentation. Elle n'avait qu'une envie, bien sûr. Lui dire qu'elle préférerait mourir plutôt que de vivre avec lui. Et c'était ce qu'il attendait. Sa moue sarcastique en était la preuve. Mais, si elle l'envoyait au diable, elle repartirait une fois de plus comme une perdante. Et cette fois sans aucun espoir de retour… La maison de son père. Son héritage. La revanche de sa mère. Elle aurait tout perdu. Tout.

— J'attends, dit Zac d'une voix suave.

— J'ai besoin de temps pour réfléchir…

— Il me faut votre réponse maintenant. Oui ou non…

Mannion. N'était-ce pas ce qui devait passer avant tout le reste ? S'il y avait la moindre chance de réaliser son rêve, pouvait-elle prendre le risque de la laisser passer ?

— C'est oui, dit-elle d'une voix rauque.

Il allait lui rire au nez. Lui dire que c'était une plaisanterie. Après quoi elle devrait trouver un moyen de partir la tête haute.

— Parfait. Je suggère une cérémonie civile dans la plus stricte intimité, avec Nicola et Eddie comme témoins. Dès que les formalités nécessaires seront accomplies.

Elle le considéra avec incrédulité. Ce n'était pas une plaisanterie. Il avait tout prévu…

— Et… devrons-nous publier une annonce ? Les gens vont trouver ça bizarre.

— Nous n'avons pas à nous préoccuper de l'opinion des autres.

— Vous, non, bien sûr. Barricadé derrière votre service de presse et vos conseillers en communication. Mais moi je dois continuer ma vie. Mon travail.

— Je crains que Jarvis Stratton fasse partie des sacrifices que vous devez consentir. Il vaudrait mieux que vous donniez votre démission, avec effet immédiat, et que vous quittiez votre appartement. Pour me rejoindre derrière la barricade, ajouta Zac d'un ton narquois.

Elle ouvrit la bouche pour protester mais il ne lui en laissa pas le temps.

— Ce n'est pas négociable.

Elle prit une profonde inspiration.

— Et… vous voulez que… que nous vivions ensemble… dès maintenant ?

— Non, *cara*. Je vous épargne cette épreuve. A partir de demain, vous occuperez la suite du dernier étage au Capital Imperiale. Celle où vous avez rencontré mon père. Je resterai dans mon appartement, et je compterai les heures. On dit que l'attente accroît le désir. Je me ferai un plaisir de vérifier si c'est exact.

A son grand dam, elle sentit ses joues s'enflammer.

— Je suppose qu'il ne me reste plus qu'à exécuter les ordres et à retourner à Londres pour faire mes cartons.

Elle se leva, les jambes tremblantes, et se dirigea vers la sortie. Elle était presque arrivée à la porte quand elle pivota brusquement sur elle-même et faillit se cogner dans Zac, qui la suivait. Son cœur fit un bond dans sa poitrine.

— Excusez-moi. J'ai oublié ma valise dans la bibliothèque.

A côté de son sac, la bouteille de champagne semblait la narguer. Elle prit sa valise d'un geste vif et s'aperçut avec horreur qu'elle ne l'avait pas bien refermée après en avoir sorti la bouteille. Tout son contenu se répandit sur le tapis. Y compris, bien entendu, le déshabillé en mousseline de soie noire qu'elle avait acheté sur un coup de tête le matin même. Mortifiée, elle resta clouée sur place tandis que Zac le ramassait et l'examinait avec un dédain non dissimulé. Il le roula en boule et le lui lança.

— Ne vous avisez pas de le porter pour moi, dit-il d'un ton glacial en appuyant sur le bouton situé à côté de la cheminée.

— Et maintenant, si vous voulez bien m'excuser, la signora Harris va vous raccompagner.

Incapable de le regarder ou de prononcer un mot, elle jeta ses affaires en vrac dans sa valise et s'échappa. Mais sa liberté serait de courte durée, songea-t-elle, l'estomac noué. Elle s'apprêtait à faire un saut dans l'inconnu. Et cette perspective était terrifiante.

Elle trouva sur son répondeur deux messages de Nicola lui demandant de la rappeler. A en juger par son ton anxieux, elle avait appris le départ de son frère en Australie et elle voulait savoir comment elle prenait la nouvelle. Mais pour l'instant elle était trop perturbée pour discuter. Il fallait d'abord qu'elle se remette de cette journée insensée. Si c'était possible… Debout dans son salon, elle promena son regard autour d'elle. Son appartement était petit, mais confortable pour une seule personne. Il était sobrement meublé d'un canapé et d'un bureau achetés dans une brocante, d'une bibliothèque, et du lit dans la chambre. Rien d'autre à part un téléviseur. Ni tableaux aux murs, ni bibelots. Comme pour marquer qu'elle n'était pas chez elle et qu'elle ne faisait que passer en attendant de retourner à Mannion.

Elle se rendit dans la chambre et vida sa valise sur le lit. Après s'être dévêtue et avoir enfilé son peignoir, elle porta dans la cuisine le déshabillé roulé en boule et la robe corail tachée de café pour les jeter à la poubelle. Puis elle se lava les mains et mit de l'eau à chauffer. Il fallait qu'elle mange quelque chose. Pour tenter de se dénouer l'estomac… Elle commanderait des plats chinois une fois qu'elle aurait fait sa valise. A part des tenues de travail, elle n'avait pas grand-chose à y mettre. Sans doute allait-elle être obligée d'acheter un trousseau. N'était-ce pas ce que faisaient les futures mariées ? Sauf qu'elle n'en était pas vraiment une. Pas au sens habituel, en tout cas. Ce mariage n'était qu'un arrangement. Ce qui ne l'empêchait pas de comporter certaines obligations. Dont le fameux « devoir conjugal ».

Appuyée contre le plan de travail, elle dit à haute voix :

— Je vais épouser Zac Belisandro.

Puis elle attendit que son cerveau explose. Voyant qu'il ne se passait rien, elle se fit une tasse de thé et retourna dans la chambre, où elle vida le contenu de la penderie et des tiroirs dans la valise qu'elle utilisait pour aller en pension et qu'elle n'avait jamais remplacée. De retour dans la cuisine, elle étudiait le menu du traiteur chinois fixé au réfrigérateur lorsqu'on sonna à la porte. Nicola, songea-t-elle avec résignation. Qu'allait-elle bien pouvoir lui dire ? Comment lui expliquer la décision la plus extravagante de sa vie ? Elle réfléchissait encore à une entrée en matière quand elle ouvrit la porte.

— Ah, tu es là ! s'exclama Adam en pénétrant dans le hall. Chez Jarvis Stratton, on m'a dit que tu avais pris ta journée, mais quand je suis passé tout à l'heure je n'ai pas eu de réponse. Que se passe-t-il ?

— Tu ne crois pas que ce serait plutôt à moi de poser cette question ?

— Ah. Tu es au courant de mes projets.

— Tes projets ? Tu as dépassé ce stade, non ? Je suppose que tu es venu me dire au revoir.

— Pas encore. Il y a le temps, affirma-t-il en retrouvant son assurance et son sourire habituels. D'accord, j'aurais peut-être dû t'en parler. *Mea culpa*. Mais je viens d'empocher une petite fortune. Alors mets ta tenue la plus chic. Nous sortons.

— Non, merci. Tu te demandais où j'étais…

— Quelle importance puisque maintenant tu es ici ?

— C'est très important, au contraire. Cet après-midi, je suis allée à Mannion pour fêter avec toi ton nouveau statut de propriétaire.

Adam ouvrit de grands yeux, puis il éclata de rire.

— Et tu es tombée sur ce cher cousin Zac ! Je me disais bien que tu avais l'air contrarié. Il t'a mise à la porte ?

Inutile de tourner autour du pot… Elle inspira profondément.

— Au contraire. Il m'a demandé de l'épouser.

Le rire d'Adam s'arrêta net.

— Tu plaisantes…

— Non, répondit-elle, la gorge sèche. Il m'a demandée en mariage et… j'ai accepté. Nous sommes fiancés.

Silence. Puis Adam lança d'un ton acerbe :

— Espèce de traînée ! Sale petite intrigante cupide et calculatrice. C'est cette fichue maison. Tu fais une fixation sur Mannion. Tu es prête à tout pour mettre la main dessus. Depuis toujours. Comme ta cinglée de mère.

Elle sentit le sang se retirer de son visage et resta sans voix, trop choquée pour émettre le moindre son.

— Je savais que je ne pouvais pas te faire confiance, poursuivit-il sur le même ton. Mais je croyais que tu avais compris la leçon il y a sept ans. Visiblement, j'avais tort. Ce que je n'arrive pas à comprendre, c'est comment tu t'y es prise pour que Zac te demande en mariage. Il aurait pu se contenter de coucher avec toi puis de te jeter, comme il en a l'habitude.

Il eut un sourire méprisant.

— Le brillant M. Belisandro doit être en train de perdre les pédales. D'abord, il paye beaucoup plus cher que le prix du marché un vieux tas de pierres au milieu de nulle part. Et ensuite il demande en mariage la fille illégitime de la putain du village.

— Je t'interdis de parler de ma mère comme ça ! s'écria-t-elle d'une voix tremblante.

— Ne prends pas tes grands airs, s'il te plaît. Quand je pense que j'ai supporté que tu me fasses lanterner, alors que tu as écarté les cuisses sans hésiter pour Zac et ses millions.

Il promena sur elle un regard lubrique.

— Quel est le prix pour me montrer comment tu t'y prends pour le satisfaire ? Pour me donner un petit souvenir à emporter en Australie ? Zac ne m'en voudra pas pour un petit coup vite fait. Tu n'es pas la première femme que nous aurons partagée.

Il fit un pas en avant.

— Alors, ma belle ? Dans la chambre, ou bien ici, par terre ?

Toujours muette, Dana le gifla avec une telle force qu'elle eut mal jusque dans l'épaule. Il lui lança un regard haineux.

— Tu vas le regretter.

— Non. C'est toi qui vas regretter d'être venu si tu ne pars pas immédiatement.

Stupéfaite, Dana se tourna vers Zac, qui venait d'apparaître sur le seuil de l'appartement. Et fut prise d'une envie irrésistible de se réfugier dans ses bras. Allons bon, elle perdait la tête, se dit-elle aussitôt. Les bras de Zac n'étaient pas un refuge. Ce serait fuir un danger pour un autre, encore plus redoutable. De toute façon, elle était incapable de bouger. Au bord de la nausée, elle restait pétrifiée par la violence des propos orduriers d'Adam. Des propos que Zac avait manifestement entendus…

— Tu crois vraiment être capable de me faire regretter quoi que ce soit ? fit Adam avec hargne.

— Non, répliqua Zac d'un ton posé. Je le sais. Alors va-t'en si tu ne veux pas dévaler l'escalier la tête la première.

Adam darda sur lui un regard meurtrier. Puis il haussa les épaules et s'en alla sans un mot. Zac claqua la porte et se tourna vers Dana.

— Que faisait-il ici ? demanda-t-il avec un regard appuyé sur son peignoir.

— Je croyais que c'était Nicola. J'ai ouvert et… Il voulait m'emmener dîner, alors je… je lui ai dit… pour nous. Ça l'a rendu fou de rage. C'est tout.

Zac passa la main dans ses cheveux en soupirant.

— J'ai cru que… *Dio*…

Il secoua la tête.

— Je suis monté et j'ai entendu… les horreurs qu'il t'a dites. Et j'ai vu ta réaction, *mia cara*.

— C'était… horrible.

La voix de Dana se brisa.

— C'est terminé. Mais il vaut mieux que tu t'installes à l'hôtel dès ce soir.

Il fallait qu'elle proteste, se dit-elle. Pour le principe. Par amour-propre. Mais elle n'en avait pas la force. Et comment être sûre qu'Adam ne reviendrait pas ? Le simple fait d'y penser lui donnait envie de vomir.

— Si tu n'étais pas arrivé… Mais que fais-tu ici, au fait ? Je pensais que tu restais à Mannion.

— C'était mon intention. Mais j'étais mécontent de la façon dont nous nous sommes quittés.

— Tu as changé d'avis au sujet de… notre arrangement ?

— Pas du tout. Pourquoi cette question ?

— Parce que tout ce qui s'est passé aujourd'hui me semble irréel.

Après une hésitation, Dana ajouta :

— Adam a dit que tu avais payé Mannion beaucoup plus cher que le prix du marché.

— J'ai payé le prix correspondant à la valeur que je lui accorde.

— Et tu étais vraiment prêt à balancer Adam la tête la première dans l'escalier ?

— Bien sûr, *mia bella*. Je l'aurais fait sans effort et avec un immense plaisir.

Zac eut un petit sourire malicieux.

— Tu crois avoir le monopole de la violence ?

Elle frissonna.

— C'est la première fois que je frappe quelqu'un.

— Mais pas la première fois que tu en as envie, je suis sûr.

Les joues en feu, elle soutint son regard.

— Peut-être.

Il jeta un coup d'œil autour de lui.

— Je suppose que les meubles sont à toi. Tu veux les emporter à Mannion ?

— Je n'y avais pas encore réfléchi. Mais peut-être le bureau et le canapé, oui. Et mes livres. Tout le reste peut être donné.

— Dès demain, je prendrai les dispositions nécessaires pour ton déménagement.

— Merci. Par curiosité, comment savais-tu où j'habitais ?

— Je me suis renseigné. Maintenant, habille-toi, finis ta valise, et nous partons.

— Et ma voiture ?

— J'enverrai quelqu'un la chercher demain.

Lors de sa première visite, elle était trop impressionnée par Signor Ottaviano pour apprécier la somptuosité de la suite, songea Dana un peu plus tard.

— J'espère que tu seras bien ici, déclara Zac. Si tu as besoin de quoi que ce soit, il suffit de décrocher le téléphone.

— Il y a une heure, je mourais de faim, mais j'ai perdu l'appétit.

— Tu as eu une journée éprouvante. Je vais te commander un chocolat chaud et je te suggère de te coucher tôt.

— Que voulais-tu dire tout à l'heure, à propos de la façon dont nous nous sommes quittés ?

— Nous en parlerons une autre fois. Pour l'instant, je te laisse te reposer. *A domani*, Dana *mia*.

Elle le suivit des yeux, l'esprit confus. C'était idiot. Elle avait envie de lui dire… quoi donc ? Ce fut seulement lorsque la porte se fut refermée derrière lui qu'elle s'entendit murmurer d'un ton presque implorant :

— Ne me quitte pas. Ne t'en va pas…

Puis elle tressaillit, effarée. Qu'est-ce qui lui prenait ?

10.

— Tu es vraiment sûre de toi ? demanda Nicola d'un air inquiet. Je ne prends pas la défense d'Adam. Il s'est comporté de manière odieuse et ce n'est pas la première fois. Mais Zac n'est pas le genre d'homme qu'on épouse sous le coup d'une déception. Si tu as des doutes, c'est le moment de le dire.

Dana réprima un soupir. Des doutes, elle en avait à revendre… Mais ça ne changeait rien.

— Ce n'est pas par déception, je te le promets. Et Adam a parfaitement le droit de partir en Australie.

— S'il n'y avait que ça ! Mais il n'arrête pas de dire des horreurs. Il dénigre Zac devant tout le monde. J'avais presque oublié à quel point il peut être vindicatif quand il laisse tomber son masque de charmeur. Il m'a même reproché de t'avoir invitée à Mannion pour mes fiançailles. Je n'ai pas osé lui dire que Zac nous a demandé d'être témoins à votre mariage.

— Tu as bien fait. Mais essaie de te calmer. Tu veux encore du thé ? Un autre gâteau à la crème ?

Nicola contempla le chariot chargé de pâtisseries qui avait été apporté dans la suite un quart d'heure plus tôt.

— Ne me tente pas… Dis-moi, qu'est-ce que ça fait, de vivre dans le luxe ?

Dana eut un sourire contraint.

— On ne peut pas dire que ce soit désagréable. Tu veux visiter ?

— Prendre le thé au salon, c'est une chose. Mais faire intrusion dans la vie privée de Zac, non. Je passe.

— Zac ne vit pas ici. Pour l'instant, il reste dans son appartement.

— Ça, alors ! Et moi qui croyais que la raison de ce mariage à la sauvette, c'était votre incapacité à vous passer l'un de l'autre… Après tout, on imaginerait que l'héritier Belisandro se doit d'être marié par un cardinal dans une cathédrale pleine à craquer.

— Eh bien, on aurait tort, dit Dana d'un ton enjoué. Ce sera juste nous quatre, à la mairie. Le père de Zac est contre les mariages civils, et Mme Latimer vient de se faire opérer, si bien que tante Joss préfère ne pas la laisser seule.

— Et ta mère ? demanda Nicola d'une voix hésitante.

— Je lui ai écrit pour l'inviter, mais elle n'a pas répondu. Quand tante Joss a fini par accepter de me donner son adresse en Espagne, elle m'a prévenue que je perdais mon temps.

Dana soupira.

— Mais au moins je sais où elle est. Elle travaille dans un bar qui s'appelle Chez Roberto, à Altamejo.

Nicola eut une moue compatissante.

— Et qu'as-tu prévu de porter pour ce mariage très discret ?

— Rien, répondit Dana sans réfléchir.

Nicola éclata de rire.

— Eh bien, je n'ai plus qu'à prévoir de bander les yeux d'Eddie et de l'officier d'état civil ! Mais je suis sûre que Zac sera ravi.

— C'est ça, moque-toi ! J'ai écumé tous les grands magasins de Londres et je n'ai rien trouvé.

— Alors nous allons chercher ensemble. Je connais des tas de bonnes adresses. Et surtout fais une liste. Je suppose que vous passez votre lune de miel dans un endroit exotique. Tu vas avoir besoin de tenues de plage et de petits trucs vaporeux pour les soirées.

— Non. Pas de lune de miel pour l'instant. Zac doit partir en voyage d'affaires à travers l'Europe pour régler les problèmes soulevés à la conférence. Et comme il passera son temps en réunions, du petit déjeuner jusqu'à très tard dans la nuit, je resterai à Mannion. Pour m'occuper de la rénovation et veiller à ce que tout soit prêt pour votre mariage, ajouta Dana en souriant.

— Pas question ! Il faut que tu accompagnes Zac. Il faudra bien qu'il se couche à un moment où à un autre entre deux journées de réunions. Et le sexe, en dehors de tous ses autres avantages, est un excellent remède au stress.

Dana sentit ses joues s'enflammer.

— J'ai l'impression que le stress lui réussit. De toute façon, il est inflexible. Il part. Je reste.

Et c'était un soulagement, songea Dana après le départ de Nicola. Elle se remémora le petit sourire de Zac quand il lui avait parlé de son voyage.

— Pendant quelque temps, ma compagnie te sera épargnée, *mia bella*.

Malgré tout, elle devrait affronter l'épreuve de leur nuit de noces et de celles qui suivraient avant son départ pour l'Europe. Elle n'avait aucune chance d'y échapper. Comme Zac le lui avait rappelé d'une voix suave :

— L'aménagement de la maison, Dana *mia*, c'est ton domaine. Et toi, tu seras le mien.

Parce que leur mariage n'était qu'un troc. Son corps contre la maison de Zac. Alors pourquoi dormait-elle encore seule, dans un lit immense ? Non qu'elle le regrette. Au contraire, se dit-elle avec force. Mais la remise à plus tard de l'inévitable la rendait nerveuse. Elle ne comprenait pas. Elle ne *le* comprenait pas. Mais après tout peu importaient les motivations de Zac. Parce que, de toute façon, elle ne serait jamais vraiment à lui comme Mannion serait à elle. Elle ne lui appartiendrait jamais, parce qu'elle appartenait déjà à Mannion. Et rien ne pourrait jamais changer ça.

C'était une alliance très classique. Un anneau en or tout simple. A sa grande surprise, Zac l'avait effleurée du bout des lèvres avant de la lui glisser au doigt. Elle avait l'impression d'avoir un corps étranger sur la main, songea Dana en lissant nerveusement sur ses genoux la soie ivoire de sa robe de mariée.

Fidèle à sa promesse, Nicola lui avait fait faire la tournée des boutiques, en refusant fermement qu'elle se restreigne dans ses achats sous prétexte qu'elle ne partait pas en voyage de noces.

— S'il doit s'absenter, raison de plus pour l'accueillir à son retour dans des tenues glamour, avait-elle décrété d'un ton sans réplique.

Dana avait donc capitulé, d'abord avec réticence puis avec un réel plaisir. Sa robe de mariée avait été son premier achat. Elle l'avait repérée sur un portant, à moitié cachée au milieu de robes de soirée somptueuses, et elle avait été immédiatement séduite. Impeccablement coupée dans une soie fluide, elle avait un corsage à mancherons et encolure carrée, et une jupe taille basse légèrement évasée qui descendait sous le genou. Dès qu'elle l'avait essayée, elle avait su que c'était la bonne. Debout devant le miroir de la cabine d'essayage, elle avait vu une jeune femme aux joues colorées et aux yeux brillants. Pendant quelques secondes, elle s'était laissée aller à se demander comment Zac la trouverait. Ce qu'il penserait en la voyant.

Eh bien, de toute évidence, il n'avait pas pensé grand-chose. Lorsqu'elle était entrée dans la salle des mariages, il était resté impassible. Elle l'avait remercié pour le délicieux bouquet de roses crème qu'il lui avait envoyé, et il avait juste répondu :

— *Di niente.*

Puis il s'était tourné vers l'officier d'état civil. Après l'échange de consentements, il avait effleuré ses lèvres si furtivement que ça pouvait à peine passer pour un baiser. Pendant le déjeuner au Ritz en compagnie de Nicola et d'Eddie, il avait été un hôte charmant, mais à présent ils étaient seuls et ils avaient à peine échangé deux mots depuis leur départ de Londres. Peut-être était-il en train de se dire que ce mariage précipité n'était pas une bonne idée… La gorge de Dana se noua. Si c'était le cas, que deviendrait-elle ? Ou plutôt que deviendrait Mannion ? se corrigea-t-elle aussitôt.

Non, s'il avait changé d'avis, il avait eu largement le temps de le dire avant le mariage. D'autant plus qu'ils avaient eu une discussion qui pouvait être considérée comme leur première querelle. Il avait prévu qu'ils occuperaient la chambre principale à Mannion.

— Tu l'as décidé sans me demander mon avis ? s'était-elle exclamée quand elle l'avait appris. Il y a des tas d'autres chambres. Pourquoi celle-ci ?

— Parce que je l'ai décidé, avait-il répliqué froidement.

Elle n'avait jamais aimé cette chambre, avec son lit à baldaquin et son papier peint cramoisi. Elle la trouvait lugubre et oppressante. Pourquoi ne l'avait-il pas consultée ? Dire qu'il lui avait affirmé que l'aménagement de la maison, c'était son domaine… Ce soir-là, ils s'étaient quittés en froid. Et rien n'indiquait que Zac soit revenu sur sa décision depuis.

Pour la première fois, quand elle vit Mannion apparaître en contrebas depuis le sommet de la colline, elle ne ressentit pas de la joie mais de l'appréhension. Lorsque la voiture s'engagea dans l'allée, elle vit une équipe de jardiniers dans le parc, qui avait pratiquement retrouvé sa splendeur originelle. M. Godstow, qui était désormais à la retraite, serait fier, songea-t-elle. Zac se gara devant l'entrée principale, puis il fit le tour de la voiture pour lui ouvrir la portière et lui tendit son bouquet, qu'il avait pris sur la banquette arrière. La porte de la maison était ouverte et elle vit Mme Harris, qui les attendait dans le hall. Avant qu'elle ait le temps de faire un pas, Zac la souleva de terre et la porta jusqu'à la maison. Elle faillit se débattre mais se rappela juste à temps qu'ils étaient observés. Elle eut vaguement conscience que Zac lui murmurait quelque chose à l'oreille avant de la reposer sur ses pieds, mais elle était trop troublée pour comprendre ce qu'il disait.

Mme Harris s'avança vers eux.

— Je suis heureuse de vous voir, monsieur, et vous, madame. Tous les aménagements que vous avez réclamés ont été effectués et j'espère que vous serez satisfait, ajouta-t-elle à l'adresse de Zac. Permettez-moi également de vous présenter, à vous et à Mme Belisandro, tous mes vœux de bonheur.

Elle fit une pause, visiblement embarrassée.

— Un certain M. Fleming attend dans la bibliothèque, monsieur.

— Je vais le voir tout de suite. Pendant ce temps, conduisez ma femme à notre chambre.

Zac prit la main de Dana et y déposa un baiser.

— Une affaire à régler, mais je ne te ferai pas attendre longtemps, *mia cara*.

Elle bredouilla quelques mots et s'empressa de suivre la gouvernante, en proie à la plus vive confusion. Elle espérait qu'il lui laisserait un moment de répit. Le temps de s'habituer à sa nouvelle situation. Mais visiblement ce n'était pas ce qu'il avait prévu… Elles étaient déjà arrivées, constata-t-elle, l'estomac noué, alors que Mme Harris ouvrait la porte de la chambre.

— J'espère que vous serez satisfaite, madame, déclara la gouvernante en s'écartant pour lui laisser le passage.

« Abasourdie » conviendrait mieux, songea-t-elle en regardant autour d'elle. La pièce était méconnaissable. L'énorme lit à baldaquin avait disparu, remplacé par un grand lit bas avec un élégant chevet en bois clair. Le même bois que les deux tables de nuit et la coiffeuse. Les murs étaient maintenant ivoire, comme le fond des rideaux ornés de fleurs et de feuilles dorées, un motif repris sur le couvre-lit.

— Je suis heureuse que cette chambre soit de nouveau occupée, ajouta Mme Harris. M. Adam préférait dormir dans son ancienne chambre. Cette porte donne sur votre dressing et votre salle de bains, madame. La douche et le dressing de M. Belisandro sont derrière cette autre porte, juste en face. Il a fallu travailler dans la précipitation pour tout préparer, mais ça valait la peine, je crois.

— Oui, en effet. C'est très beau.

Le visage de la gouvernante s'illumina.

— M. Belisandro sera ravi que ça vous plaise, madame. Il a insisté pour que tout soit parfait pour vous.

— Il est très… attentionné.

— Voulez-vous que je mette ces roses dans un vase pendant que vous prenez le temps de visiter, madame ?

Dana prit conscience qu'elle avait toujours son bouquet à la main. Elle le tendit à la gouvernante.

— Oui, merci.

Une fois seule, elle se rendit dans son dressing et sa salle de bains, qui avaient été créés à partir de la chambre voisine. Les garde-robes et les placards du dressing étaient déjà garnis, son trousseau ayant été envoyé de Londres deux jours plus tôt. Quant à la salle de bains, elle était somptueuse. Equipée d'une baignoire profonde et d'une vaste cabine de douche, elle était entièrement tapissée de carreaux à reflets nacrés, qui donnaient l'impression de se trouver au cœur d'un énorme coquillage.

En regagnant la chambre, elle jeta un coup d'œil à l'autre porte puis décida de ne pas visiter la salle de bains de Zac. Elle se dirigea vers la coiffeuse et se regarda dans le miroir. Nul doute que la plupart des jeunes mariées n'avaient pas un air aussi anxieux… En fait, jusque-là, elle avait vécu un peu comme dans un rêve, en voulant croire qu'elle ne serait jamais vraiment obligée de respecter l'accord qu'elle avait passé avec Zac. Mais aujourd'hui c'était le retour à la réalité.

Elle déglutit péniblement. Que ressentirait-elle en ce

moment même si son plan initial avait marché ? Si c'était avec Adam qu'elle devait partager ce lit ? Mais ce plan n'aurait jamais pu aboutir. Tôt ou tard, Adam aurait dévoilé sa vraie nature et elle aurait pris ses jambes à son cou. Même par amour pour Mannion, elle n'aurait jamais pu se marier avec lui.

Mais, dans ce cas, pourquoi avait-elle pu se marier avec Zac ? Pourquoi n'avait-elle pas pris ses jambes à son cou quand il en était encore temps ?

A cet instant, la vérité qu'elle refusait d'admettre depuis sept ans s'imposa à elle.

11.

Dana détourna les yeux de son reflet en frissonnant. Non, c'était impossible. Ça ne pouvait pas être vrai… Elle ne ressentait rien pour Zac. L'obsession dont elle avait été la proie sept ans plus tôt n'était qu'un délire d'adolescente perturbée.

Après avoir été chassée de Mannion à cause du piège odieux qu'il lui avait tendu, elle avait passé ses nuits à rêver de lui et ses journées à scruter la presse à la recherche d'informations le concernant. Elle se répétait que c'était par haine, qu'elle avait besoin de savoir où il vivait et quels endroits il fréquentait pour ne pas risquer de tomber sur lui par hasard. Mais, à chaque fois qu'elle le voyait en photo en compagnie d'une fille, ses rêves devenaient des cauchemars. Surtout si l'histoire durait plus longtemps que la moyenne — quelques semaines — ce qui était arrivé au moins deux fois, avec une actrice française et une top-modèle américaine. Son départ pour Melbourne avait été un immense soulagement. Elle s'était sentie enfin délivrée de cette addiction malsaine.

Et voilà qu'aujourd'hui elle était là à l'attendre, dans la chambre conjugale… en proie à un trouble qu'elle devait absolument combattre. Quand il la toucherait, elle devrait se cuirasser contre l'effet dévastateur de ses caresses et de ses baisers. En espérant qu'il se lasserait vite d'elle et qu'il irait bientôt voir ailleurs.

Imaginer autre chose serait de la folie pure.

Pour l'instant, elle allait faire un tour dans le parc. Prendre un peu l'air loin de cette chambre lui ferait le plus grand bien. Elle se retourna et son cœur fit un bond dans sa poitrine. Zac était sur le seuil de son dressing, les mains sur les hanches, la chemise déboutonnée pratiquement jusqu'à la taille.

— Je croyais que tu étais en bas avec ton visiteur. Tu… tu m'as fait peur.

— J'ai vu, répliqua-t-il d'un ton pince-sans-rire. Et mon visiteur était juste venu faire une livraison. Mais dis-moi plutôt ce que tu penses des transformations dans cette chambre.

— J'aurais préféré que tu me consultes. Tu avais dit que la maison, c'était mon domaine.

Ingrate et désobligeante. Elle se détestait…

Zac arqua les sourcils.

— Dans ce cas, je te présente mes excuses. J'espérais que ce serait une bonne surprise pour toi. Et que ça rendrait cette pièce plus… agréable.

— A propos de surprise, était-ce vraiment nécessaire de me porter dans la maison devant Mme Harris ? J'aurais pu marcher.

— C'est la faute de mes ancêtres romains, *mia bella*. Dans l'Antiquité, si une jeune mariée trébuchait sur le seuil de sa nouvelle maison, c'était un très mauvais présage. On jugeait donc plus prudent de la porter.

— Notre mariage est tellement parfait, ce serait dommage de prendre des risques, en effet, commenta-t-elle d'un ton crispé. De toute façon, Mannion n'est pas ma nouvelle maison, puisque je m'y suis toujours considérée comme chez moi. Tu le sais parfaitement.

La mâchoire de Zac se crispa, mais il répondit d'un ton conciliant.

— Dans ce cas, mets cet incident sur le compte d'une impulsion irrésistible, *carissima*.

— Et tu as dit quelque chose à ce moment-là. C'était quoi ?

— Une autre tradition très ancienne. J'ai dit :« *Ubi tu Gaia, ego Gaius.* » Ce qui veut dire : « Partout où tu es la maîtresse, je suis le maître. »

— Pas partout. Seulement ici, dans cette maison. Mais merci pour la leçon d'histoire.

— Je pourrais presque croire que tu essaies de provoquer une querelle, Dana *mia*. Je peux considérer que tu es mienne, j'espère, ou bien cela va-t-il être une autre pomme de discorde ?

Elle se mordit la lèvre et il soupira.

— Si nous déclarions une trêve ? On m'a envoyé te dire que le thé est servi sur la terrasse. A moins que tu préfères rester ici et attendre le dîner, qui à ma demande sera servi à 20 heures.

Attendrait-elle seule, ici ?

— Je veux bien prendre le thé.

Il faisait délicieusement bon sur la terrasse. Visiblement détendu, Zac se cala confortablement dans son siège.

— A mon retour de ma tournée européenne, mon père veut que nous allions le voir, dans la maison que nous possédons sur le lac de Côme. Je pense qu'il souhaite que notre mariage soit béni dans la chapelle familiale.

— Etant donné les circonstances, ça frôle le sacrilège. Et de toute façon je ne peux pas partir, ajouta-t-elle en relevant le menton. J'ai beaucoup trop de choses à faire ici.

— Tu ne peux pas accorder quelques jours à mon père, qui tient à t'accueillir dignement au sein de la famille ?

— J'ignorais que notre arrangement m'obligeait à jouer la belle-fille modèle.

— Eh bien, maintenant, tu le sais. En retour, je serais heureux d'aller voir ta mère en Espagne avec toi.

Elle baissa les yeux.

— Merci, mais ça ne sera pas nécessaire.

Zac resta silencieux mais son irritation était palpable.

Elle fut elle-même assaillie par une bouffée de colère. Sa mère n'avait-elle pas assez souffert ? La dernière chose dont elle avait besoin, c'était que le cousin de Serafina fasse irruption dans son refuge espagnol. La colère était salvatrice, songea-t-elle. Le ressentiment aussi. En les cultivant, elle se protégerait des pensées dangereuses, des espoirs insensés…

— Et Mme Latimer ? demanda-t-elle d'un ton crispé. Ça m'étonnerait qu'elle ait envie de me voir arriver en Italie. L'idée que j'occupe sa maison doit lui être insupportable.

— Cette maison a cessé de lui être chère après la mort de son mari et de son fils unique. C'est devenu une coquille vide qu'elle a quittée avec soulagement sans se soucier de savoir qui y vivrait après elle.

« Un vieux tas de pierres au milieu de nulle part. » C'était ce qu'Adam avait dit. Mais ce n'était pas vrai. Ça ne serait jamais vrai. Elle y veillerait.

— Et quand vous vous reverrez, tu l'appelleras Serafina, comme moi. Elle n'attend pas autre chose. *Capito ?*

— Oui, je comprends.

— Mais ça ne te plaît pas.

Zac paraissait soudain contrit.

— Alors laisse-moi te donner une nouvelle qui te fera plaisir. Ta voiture est arrivée. Mon chauffeur l'a laissée ici tout à l'heure.

Il sortit les clés de sa poche et les posa sur la table.

— Je suppose que tu es heureuse de la retrouver.

— Oui, répondit-elle en prenant les clés. En effet.

— Tu la vois comme un moyen de t'échapper, peut-être ? Mais ça n'arrivera pas.

— Tu m'en empêcherais ?

— Non. Je te fais juste confiance, *mia bella*. Je ne doute pas que tu feras honneur à ton engagement.

— Honneur… C'est étrange, d'utiliser ce mot, étant donné le contexte.

— Tu aurais dû y penser avant de me laisser te passer cette alliance au doigt ce matin.

Zac soupira.

— Je pense que ça nous ferait beaucoup de bien à tous les deux de nous décontracter un peu.

Il se leva et tendit la main.

— Je vais nager. Tu veux m'accompagner ?

Elle se raidit au souvenir de son corps nu ruisselant d'eau, le jour où elle l'avait aperçu à la piscine. Il serait très étonnant qu'il ait l'intention de mettre un maillot aujourd'hui…

— Non, merci. Je suis bien ici. Et je ne nage pas très bien.

Il haussa les épaules.

— *Non importa.* Je ne te laisserai pas te noyer.

— Peut-être, mais la réponse est toujours non.

— *Si, carissima.* Mais à combien de questions ?

Sur ces mots, il descendit les marches de la terrasse et s'éloigna en direction de l'orangerie.

Une fois seule, Dana se força à boire son thé et à manger un sandwich et une tranche de gâteau. Il fallait qu'elle s'occupe, décida-t-elle. Et pour commencer elle allait chercher un endroit qui pourrait lui servir de lieu de travail. Mais avant tout il fallait qu'elle se change. Un peu plus tard, vêtue d'un corsaire en jean et d'une chemise blanche nouée sur le ventre, elle revint sur la terrasse, où Mme Harris débarrassait la table.

— Mme Harris, est-ce qu'un bureau et un canapé ont été livrés pour moi ?

— Ils doivent arriver demain. M. Belisandro a demandé qu'on fasse de la place pour eux dans le petit salon.

— Merci, mais j'ai peut-être une autre idée, répondit Dana en souriant, avant de descendre les marches.

Pendant longtemps, elle avait considéré le pavillon d'été comme une zone interdite, mais à partir d'aujourd'hui c'était terminé. Après tout, les souvenirs qu'elle en gardait seraient bientôt remplacés par d'autres, beaucoup plus marquants. Rien ne l'empêchait plus d'y retourner. Ni d'en faire son refuge. Des travaux seraient nécessaires, bien sûr. La première chose à faire étant d'installer l'électricité.

Le chemin semblait plus étroit qu'autrefois. Les arbres et les buissons qui le bordaient n'avaient visiblement pas été taillés depuis longtemps, si bien qu'ils masquaient la vue. Impossible d'apercevoir le bâtiment. Au dernier détour du chemin, elle se figea. Le pavillon d'été avait disparu. Il ne restait plus qu'un espace vide, et la terre avait même été retournée comme si on y avait passé la charrue.

Dana resta un long moment immobile, atterrée. Pourquoi ? Pour l'amour du ciel… pourquoi ? Elle fit demi-tour jusqu'à la pelouse et vit un des jardiniers qui poussait une brouette.

— Pouvez-vous me dire ce qui est arrivé au pavillon d'été ? demanda-t-elle.

— Il a été démoli, mademoiselle. Ordre du patron. M. Godstow a essayé de le faire changer d'avis, mais il n'a rien voulu entendre. Il a juste dit qu'il avait toujours détesté ce foutu pavillon. Sauf qu'il n'a pas dit « foutu ».

— Je vois, murmura Dana.

En réalité, elle ne comprenait pas du tout, et sa première impulsion fut d'aller trouver Zac à l'orangerie pour exiger des explications. Mais, à mi-chemin, elle se ravisa. Non, elle ne pouvait pas lui laisser voir qu'elle tenait au pavillon d'été et qu'elle était bouleversée par sa destruction. Il valait beaucoup mieux ne pas y faire allusion. Et si de son côté il lui en parlait, elle feindrait l'indifférence.

Il fallait oublier le passé et se concentrer sur l'avenir, se dit-elle fermement en faisant demi-tour. Si elle était ici, c'était pour faire revivre Mannion. Rien d'autre ne comptait. Accompagnée de Mme Harris et armée d'un carnet, elle commença par l'étage, où elle nota quelles étaient les chambres à rénover entièrement et quelles étaient celles où un changement de rideaux et de literie pouvait suffire.

— Je crains que les préparatifs du mariage vous donnent beaucoup de travail, s'excusa-t-elle.

— Oh ! c'est un plaisir, madame, répondit Mme Harris, le visage rayonnant. Mlle Nicola est si gentille. Et M. Belisandro a prévu quelqu'un pour m'aider pour le nettoyage. Mme Cawston, du village, viendra tous les jours de semaine, et elle a une nièce qui pourra nous aider en cas d'urgence.

— C'est une bonne nouvelle. Et maintenant je vais vous libérer pour que vous puissiez préparer le dîner.

— Oh ! c'est fait. Et M. Belisandro m'a donné ma soirée. Il m'a dit que vous vous serviriez vous-mêmes, ajouta Mme Harris en rougissant.

— Oh.

Dana rougit à son tour.

— Oui, bien sûr.

Quelques instants plus tard, elle descendit à son tour. Puisqu'elle allait probablement y passer beaucoup de temps, autant se familiariser dès maintenant avec le petit salon, décida-t-elle. Mais au moment où elle passait devant la bibliothèque Zac en sortit.

— J'allais justement te chercher, dit-il. Il faut que nous parlions un peu d'argent.

Sur le bureau, elle vit une série de cartes de crédit, un chéquier et un dossier vert contenant une liasse de documents.

— J'ai déjà une carte de crédit et un chéquier.

— *Naturalmente*. Mais pour tout ce qui concerne Mannion, tu auras également besoin de ça. En plus des dépenses quotidiennes, il y a les salaires, et bien sûr le coût de ton programme de rénovation.

Zac indiqua le dossier.

— Tous les renseignements nécessaires sont là-dedans et il faudra que tu donnes à la banque un spécimen de ta signature… avec ton nom de femme mariée.

— Je suppose que parmi tes instructions figure le budget à ne pas dépasser.

— *Al contrario*, dépense autant que tu veux. Ça fait partie de notre marché, *carissima*.

Notre marché… Cet accord indigne qu'elle avait accepté avec empressement. Pour satisfaire son désir de possession, qui dominait sa vie depuis son enfance. « Sale petite intrigante cupide et calculatrice. » Adam avait raison. Comment le nier ? Et se dire que Mannion devait lui revenir de toute façon parce qu'elle était la fille de Jack Latimer n'atténuait pas sa honte. Parce que la fin ne pouvait en aucun cas justifier le moyen qu'elle avait choisi.

— Tu es… très généreux, dit-elle d'une voix qu'elle ne reconnut pas.

— Pourquoi pas, puisque je compte en tirer des avantages délicieux ? répliqua-t-il avec une pointe de cynisme qui acheva de la mortifier. Mais tu t'es changée. Pourquoi as-tu enlevé ta belle robe ?

— J'avais des choses à faire et je trouvais que cette tenue était plus appropriée. De toute façon, j'ignorais que tu avais remarqué ma robe, ajouta-t-elle sans réfléchir.

Zac arqua les sourcils.

— Tu me crois aveugle ?

— Non… C'était une réflexion stupide. Et je ne cherchais pas des compliments.

Il eut un sourire ironique.

— Ou du moins pas venant de moi. C'est un détail que je ne risque pas d'oublier.

Il fit une pause avant d'ajouter :

— Puis-je suggérer que nous dînions bientôt ? Tu as à peine touché ton déjeuner et tu n'as pratiquement rien mangé depuis.

De toute évidence, il ne s'était pas contenté de remarquer sa robe. La gorge de Dana se noua. Elle allait devoir faire semblant d'apprécier le dîner, sinon il allait croire qu'elle faisait la grève de la faim.

— Oui, manger me ferait du bien.

Contre toute attente, elle apprécia réellement le dîner. Ils commencèrent par une soupe glacée à l'avocat, suivie par du saumon mayonnaise. Et en dessert ils dégustèrent une mousse au citron avec des framboises fraîches. Le tout arrosé par un vin blanc frais et léger qu'elle ne connaissait pas.

Mais qui pourrait bien la sauver, songea-t-elle en terminant son premier verre.

— Fais attention, *mia cara*, dit Zac d'une voix douce alors qu'elle commençait le deuxième. C'est un grand cru, pas un anesthésique.

Elle se mordit la lèvre.

— Je ne vois pas ce que tu veux dire.

— Je suis soulagé de l'entendre. Tout autre chose. J'ai appris aujourd'hui qu'il y avait un nouveau nom à ajouter à la liste des invités au mariage. Ma cousine Serafina a décidé de venir. Comme tu le sais, elle apprécie beaucoup Nicola.

Mais pas moi, songea Dana en reposant son verre.

— Est-elle assez en forme pour faire le voyage ?

— Pour l'instant, elle marche avec une canne et elle espère être complètement remise pour le mariage. Ta tante l'accompagnera, bien sûr. Et leurs chambres devront être adjacentes, si possible.

— J'y veillerai.

Les retrouvailles risquaient d'être embarrassantes pour sa tante comme pour elle, songea Dana en réprimant un soupir.

— Tu veux un café ? demanda Zac.

— Non, merci.

Elle se retint juste avant d'ajouter : « Ça m'empêche de dormir. »

Il la considéra d'un air songeur.

— Me croiras-tu si je te dis que tu n'as aucune raison d'être inquiète ?

— Non. Comment pourrais-je le croire ?

Ce qui me terrifie, c'est ce que je risque de ressentir quand tu me toucheras. Quand tu constateras qu'il y a sept ans tu m'as appris à te désirer. Et que, pour mon malheur, je n'ai pas oublié…

— Mais ça ne change rien, s'empressa-t-elle de préciser d'une voix rauque. Nous avons conclu un accord et je le respecterai. Tu… tu peux faire tout ce que tu veux, je ne t'arrêterai pas.

— *Carissima.*

La voix de Zac était étrangement douce. Caressante, même.

— On m'a fait des promesses plus engageantes.

— Et on t'en fera encore, je suis sûre, rétorqua-t-elle en s'efforçant d'ignorer la jalousie inattendue qui l'assaillait. Mais pas moi. Jamais.

— Je me doutais qu'il me faudrait de la patience. Apparemment, je ne me trompais pas.

Il se leva.

— Moi, je vais boire un café, puis travailler un peu pour finir de préparer ma tournée. Je te rejoindrai dans trois quarts d'heure. Cela te convient-il ?

Incapable de prononcer le mot « oui », elle se contenta de hocher la tête et se leva. Elle quitta la pièce en sentant sur elle le regard de Zac, qui continua de l'accompagner dans l'escalier conduisant à la chambre et au lit qu'elle s'apprêtait à partager avec lui.

12.

Les draps avaient été rabattus, et une de ses nouvelles chemises de nuit, un modèle très sage en batiste blanche, avait été posée sur le couvre-lit.

Elle se fit couler un bain chaud et choisit, parmi les nombreux flacons à sa disposition, une huile de bain parfumée au géranium. Une fois sèche, elle enfila sa chemise de nuit, regagna la chambre et se brossa les cheveux assise à la coiffeuse. Au moment où elle reposait sa brosse, elle entendit la porte du dressing de Zac s'ouvrir. Elle se leva, se tourna vers lui, et s'immobilisa, les bras pendants et les poings crispés, tendue à l'extrême.

Il s'immobilisa également et ils restèrent un long moment à se regarder. Puis, avec un profond soupir, il gagna le lit, enleva son peignoir blanc, dévoilant un corps aussi sublime que dans son souvenir, et se glissa entre les draps.

— Si tu veux rester là debout toute la nuit comme une vierge martyre sur le bûcher, ça te regarde. Moi, j'ai l'intention de dormir un peu.

Lui tournant le dos, il se coucha sur le côté et éteignit sa lampe de chevet. Au comble de la confusion, elle resta immobile, les yeux baissés, attendant que le rouge qui s'était répandu sur elle depuis la pointe des pieds jusqu'à la racine des cheveux s'atténue. Et que les battements de son cœur reprennent un rythme à peu près normal.

Puis elle se dirigea vers le lit d'un pas hésitant et éteignit sa lampe de chevet avant de se coucher. Allongée sur le dos aussi loin que possible de Zac, les yeux fixés sur le plafond, elle attendit avec un mélange de peur et de désir qu'il se tourne vers elle. Mais il ne se passa rien. Au bout d'un moment, elle prit conscience de la respiration profonde et régulière de Zac. De toute évidence, il était sérieux quand il avait annoncé qu'il comptait dormir. Peu à peu, elle se détendit et commença à apprécier le confort du matelas. Dans un lit de cette dimension, il était assez facile de faire comme si elle était seule. Quoi de plus rassurant ?

Demain, il partirait. Son cœur se serra, mais elle l'ignora délibérément. Demain, il partirait, et il resterait absent pendant plusieurs semaines. Ce qui lui laisserait le temps de trouver une stratégie pour s'accommoder de cette vie à laquelle elle s'était engagée.

Zac aussi s'était engagé. Il regrettait peut-être lui aussi sa décision, voilà pourquoi il gardait ses distances. Pour que cette erreur ne tourne pas au désastre. Il était sûrement possible de faire annuler rapidement un mariage non consommé. Alors que, s'ils couchaient ensemble, il y aurait sans doute un délai à respecter avant de pouvoir demander le divorce…

Le souvenir de leur rencontre dans le pavillon d'été sept ans plus tôt s'imposa à elle. Elle s'imagina en train de déboutonner sa chemise, de déboucler sa ceinture et de baisser la fermeture Eclair de sa braguette. D'explorer ce corps superbe du bout des doigts et des lèvres… Autrefois, elle était beaucoup trop timide et inexpérimentée pour prendre des initiatives de ce genre. Et à vrai dire c'était encore le cas aujourd'hui. Elle n'avait pas vraiment changé. Le souvenir de cette première rencontre continuait de la poursuivre, toujours aussi troublant, toujours aussi brûlant… Il fallait à tout prix le chasser. L'oublier. Sinon, elle était perdue. C'était déjà assez pénible d'être là, dans le même lit que Zac. De savoir qu'il suffirait de tendre la main pour…

Elle se mordit le poing. Comment pourrait-elle s'offrir

d'elle-même à un homme qui avait pour ainsi dire payé pour coucher avec elle et qui en plus semblait trouver cette situation amusante ?

Malgré toutes les pensées contradictoires qui tourbillonnaient dans son esprit, elle finit par s'endormir. Lorsqu'elle se réveilla, la chambre était baignée par la lumière du petit matin. Mais ce n'était pas le seul changement. Elle était blottie contre Zac, la tête au creux de son épaule, tandis qu'il avait un bras autour d'elle et une main sur sa hanche. Son cœur s'affola dans sa poitrine. Comment était-ce arrivé ? Mais peu importait. Le plus urgent, c'était de s'extirper de là et de regagner la zone de sécurité à l'autre bout du lit avant qu'il se réveille. Avec mille précautions, elle parvint à enlever sa main de sa hanche. Mais, alors qu'elle commençait à s'écarter de lui, il remua et murmura quelques mots inintelligibles. Quelques secondes plus tard, il ouvrit les yeux. Se redressant sur un coude, il la regarda.

— *Buongiorno.*

Elle détourna les yeux.

— Je suis désolée. Je… Je ne voulais pas te réveiller.

— Je te crois, répliqua-t-il d'une voix amusée. Et il est inutile de t'excuser. Ça ne me contrarie pas. Au contraire.

— Oui, bien sûr. Tu… tu as un avion à prendre. Et de mon côté j'ai beaucoup à faire. Il vaudrait mieux que je me lève tôt, moi aussi.

— Ce n'est pas ce que j'ai voulu dire, comme tu le sais sûrement, *mia cara.*

Avant qu'elle ait le temps de trouver quelque chose à répondre, il l'attira vers lui. Le visage impénétrable, il la contempla longuement. Puis il écarta ses cheveux de son visage en feu, lui caressa la joue et effleura du bout des doigts ses lèvres entrouvertes. Bien que légères comme des papillons, ces caresses déclenchèrent en elle un trouble intense. Et réveillèrent sa peur. Non pas de Zac, mais d'elle-même. Et de tout ce qu'elle risquait de révéler si elle se laissait aller.

— S'il te plaît… est-ce qu'on ne pourrait pas attendre… que tu reviennes de ta tournée, peut-être ? Pour que j'aie le temps de m'habituer à… à tout ?

— Tu ne trouves pas que sept ans c'est suffisamment long ?

Il rabattit les couvertures et elle se raidit dans l'attente de son baiser… et de tout ce qui suivrait inévitablement. Elle ferma les yeux. Si elle voyait se peindre sur son visage une satisfaction triomphante, elle ne le supporterait pas… Elle fut surprise par la douceur avec laquelle ses lèvres se posèrent sur les siennes. Les années s'effacèrent et elle eut de nouveau dix-sept ans. Son corps frémissant s'éveillait à la vie sous les caresses et les baisers de son amant invisible. Ses lèvres s'entrouvrirent et sa langue se mêla à celle de Zac, tandis qu'il la couvrait de caresses à travers le fin tissu de sa chemise de nuit. Il fit glisser une bretelle sur son épaule et dénuda un sein sur lequel il referma la main, caressant sa pointe frémissante du bout du pouce tout en approfondissant son baiser. Assaillie par des sensations inouïes, elle réprima à grand-peine un gémissement.

Quand il baissa l'autre bretelle, elle retrouva un semblant de raison.

— Non… s'il te plaît. Je… Je ne peux pas…

— Tu avais promis de ne pas résister.

— Oui, mais… c'est trop… Je… Je ne suis pas prête.

En réalité, elle ne se sentait pas capable de dissimuler ce qu'elle ressentait… Or il le fallait à tout prix.

— Seras-tu davantage prête dans une semaine… un mois ? J'en doute, *mia cara*. Faisons un marché.

— Encore un ? protesta-t-elle d'une voix tremblante.

Il plongea son regard dans le sien.

— Si tu essaies de me faire confiance, *mia bella*, je serai patient. Jusqu'à ce que tu me dises que ce n'est plus nécessaire. D'accord ?

Après un silence, elle hocha la tête. Il la contempla un instant, puis il déposa des baisers sur son front et sur ses paupières avant de s'emparer de nouveau de sa bouche dans un baiser langoureux tout en lui caressant les cheveux et l'épaule, comme s'il essayait de rassurer un petit animal apeuré. Peu à peu, elle sentit son appréhension se dissiper. Il quitta sa bouche pour parsemer son cou de baisers, tandis que ses mains se promenaient sur ses hanches, sur son ventre, remontaient lentement, se refermaient sur ses seins. Ses doigts pincèrent délicatement les deux bourgeons dressés, les soumettant à des caresses diaboliques qu'il semblait vouloir prolonger indéfiniment.

Elle ne parvint pas à se contenir plus longtemps. Un long gémissement s'échappa de sa gorge, tandis que ses reins se creusaient d'eux-mêmes.

— *Sì, carissima*, murmura-t-il d'une voix rauque.

Après avoir déposé un baiser sur sa bouche, il se pencha sur un sein et aspira entre ses lèvres sa pointe durcie. Chaque coup de langue attisait le feu qui courait en elle, lui arrachant de nouveaux gémissements. Il glissa la main sous sa chemise de nuit et lui caressa le ventre, effleurant son triangle soyeux sans jamais le toucher. Folle de désir et de frustration, elle finit par lui prendre la main pour la glisser entre ses cuisses. Il explora sa féminité avec une douceur infinie, puis peu à peu ses caresses devinrent plus appuyées. Tout en insistant du bout du pouce sur son bouton durci, il glissa un doigt dans son cœur brûlant.

Le souffle court, elle sentait monter du plus profond d'elle des sensations étranges à la fois délicieuses et insupportables. Elle avait envie de crier à Zac d'arrêter tout en sachant que s'il l'écoutait elle en mourrait. Soudain, ce fut comme une digue qui sautait. Le plaisir la submergea et elle s'entendit crier. Lorsque le flot de sensations commença à refluer, elle rouvrit les yeux. Appuyé sur un coude, Zac la regardait avec un sourire plus tendre que triomphant.

— *Carissima*...

Elle contempla son visage, ses épaules musclées, son torse puissant, puis s'autorisa enfin à baiser les yeux sur sa virilité pleinement éveillée. Aussitôt, son désir se raviva. Sans hésiter, elle se redressa et enleva sa chemise de nuit froissée. Puis elle plongea son regard dans celui de Zac et se rallongea. Il la rejoignit et captura sa bouche avec une douceur surprenante. Puis il la couvrit longuement de caresses, comme s'il cherchait à mémoriser chaque courbe de son corps. Elle en fit autant, savourant la douceur de sa peau et la dureté de ses muscles. Grisée par ses soupirs approbateurs, elle s'enhardit à effleurer son sexe frémissant. Les grognements de plaisir qu'elle lui arracha mirent le comble à son excitation.

Lorsqu'il prit place entre ses cuisses, elle s'offrit à lui sans réserve. Il força l'entrée de sa féminité avec une douceur infinie, guettant sur son visage le moindre signe de douleur. Celle-ci fut fugace, vite remplacée par le plaisir inouï de l'accueillir enfin en elle. Il s'immobilisa un instant, son regard plongé dans le sien, avant de commencer à bouger lentement. Les doigts crispés sur ses épaules et les jambes nouées autour de sa taille, elle répondit à chacun de ses coups de reins avec ardeur, l'encourageant à accélérer le mouvement. Il ne se fit pas prier. Bientôt, elle sentit de nouveau monter en elle les prémices du plaisir suprême.

Le raz-de-marée qui la balaya lui arracha un cri rauque. Au même instant, Zac la rejoignit en criant son nom.

13.

Un moment plus tard, Zac s'écarta de Dana et s'allongea sur le dos, un bras sur les yeux. Elle resta immobile. Jamais elle n'avait éprouvé un bien-être aussi délicieux… Elle était sans forces, éreintée, et en même temps elle flottait dans une douce euphorie.

Elle tourna la tête vers Zac. Elle aurait tellement aimé lui dire ce qu'elle ressentait, ce qu'elle avait ressenti grâce à lui tout au long de cette initiation… mais elle ne trouvait pas les mots. « Merci » semblait inapproprié. Ridicule, même. En fait, elle aurait voulu qu'il parle le premier… Elle finit par poser la main sur son épaule humide de sueur.

— Zac ? Ne devrions-nous pas… parler ?

Elle se maudit aussitôt. Mon Dieu, quelle banalité à cet instant crucial de leur relation !

— Plus tard, répondit-il après un long silence. Pour l'instant, nous devons nous reposer. Nous avons tous les deux une journée chargée devant nous.

Ce n'était pas la réponse qu'elle espérait, mais pas question d'insister. Peut-être allait-il la prendre dans ses bras, en revanche. Elle attendit mais il se tourna sur le côté, dos à elle. Décidant d'ignorer sa déception, elle en fit autant et pressa sa joue contre l'oreiller en souriant.

Elle se réveilla en sursaut. Qu'est-ce qui avait troublé son sommeil ? Pas Zac, en tout cas. Elle était seule dans le lit. Et en chemise de nuit, constata-t-elle avec surprise.

Il la lui avait remise et elle n'avait rien senti du tout ? Elle devait vraiment être éreintée…

Des coups discrets furent frappés à la porte, suivis par la voix de Mme Harris.

— Votre thé, madame.

Voilà ce qui l'avait réveillée… Dana jeta un coup d'œil au réveil. Presque 10 heures ! Elle s'assit, remonta les couvertures sur sa poitrine et répondit avec embarras :

— Entrez.

Mme Harris, visiblement aussi gênée qu'elle, déposa le plateau sur le lit puis alla ouvrir les rideaux sur un soleil resplendissant. Après un coup d'œil à la petite théière et à l'unique tasse, Dana demanda d'une voix hésitante :

— Mon… mari prend du café ?

— M. Belisandro a déjà pris son petit déjeuner, madame. Son chauffeur et un des jardiniers sont en train de descendre ses bagages à la voiture.

— Déjà ?

Dana écarta le plateau et rabattit les couvertures.

— Mais il faut que je lui parle.

Il faut que je lui dise de retarder son départ, parce que je l'accompagne en Europe. Et tant pis s'il travaille pendant notre voyage de noces. Elle avait pris cette décision juste avant de s'endormir et elle n'avait pas changé d'avis. Nu-pieds, elle courut jusqu'au dressing de Zac. Personne. Les placards et les tiroirs, restés ouverts, étaient vides. Il emportait toutes ses affaires ? Pas étonnant qu'il faille deux personnes pour porter ses bagages… Elle se tourna vers la gouvernante.

— M. Belisandro est dans la salle à manger ?

Mme Harris eut une hésitation.

— Je crois qu'il est dans la bibliothèque, madame.

Dana enfila son peignoir de satin blanc et ses chaussons, puis se précipita au rez-de-chaussée. Par la porte d'entrée ouverte, elle vit le chauffeur charger les valises dans le coffre de la voiture. Que se passait-il donc ? se demanda-t-elle en poursuivant son chemin jusqu'à la bibliothèque. Debout devant le bureau étrangement nu, Zac vérifiait le contenu de sa serviette. Il leva la tête et sa mâchoire se crispa. Elle ferma la porte et s'y adossa en s'efforçant de masquer sa nervosité croissante.

— Tu as dit que nous parlerions, déclara-t-elle d'un ton posé.

Il lui tendit une grande enveloppe en papier kraft.

— J'ai un cadeau de mariage pour toi.

Elle ne bougea pas, l'estomac soudain noué.

— Qu'est-ce que c'est ?

— Le titre de propriété de cette maison. Transféré à ton nom, accompagné d'une lettre stipulant que tu es désormais l'unique propriétaire de Mannion.

Il fit une pause.

— Ainsi, nous avons enfin obtenu l'un et l'autre ce que nous désirions. Les clauses de notre accord ont été respectées, ce qui nous laisse libres de poursuivre notre vie chacun de notre côté.

— Chacun de notre côté…

Malgré la chaleur qui régnait dans la pièce, elle fut envahie par un grand froid.

— Je ne comprends pas.

— C'est pourtant simple. Tu voulais cette maison. Et moi, je te voulais.

Zac haussa les épaules.

— Le marché a été honoré, je suis satisfait et j'espère que tu l'es aussi, ajouta-t-il en regardant l'enveloppe. Ce simulacre de mariage a rempli sa fonction et il est inutile de le prolonger plus longtemps. A la fin de ma tournée européenne, je chercherai une autre résidence. Je suis sûr que c'est un soulagement pour toi.

Heureusement qu'elle était appuyée contre la porte, songea-t-elle confusément. Sinon, elle se serait effondrée.

— Tu veux dire… que tu ne reviendras pas ? demanda-t-elle d'une voix à peine audible.

Elle chercha fébrilement une objection convaincante.

— Mais… la rénovation de la maison ?

— Tu n'as besoin de personne pour réaliser ton rêve. Et tu disposes des fonds nécessaires, comme je te l'ai précisé hier.

— Mais tu as sûrement envie de voir ce que ça donnera. Comment ton argent aura été utilisé.

— Non, ça ne m'intéresse pas spécialement. C'est ton rêve, *cara mia*, pas le mien. J'ai également pris les dispositions nécessaires pour subvenir à tes besoins. Si tu les trouves insuffisantes, contacte mes avocats.

— Mais tu ne peux pas partir.

Elle s'efforçait de parler d'un ton posé alors qu'elle avait envie de hurler de douleur.

— Que vont penser les gens ?

— Que nous nous sommes mariés précipitamment et que nous avons presque aussitôt pris conscience de notre erreur.

Il eut une moue de dérision.

— De toute façon, l'essentiel, c'est que nous avons obtenu tous les deux ce que nous voulions. L'opinion des autres n'a aucune importance.

— Mais… le mariage de Nicola.

— Je serai là, bien sûr. Mais ne t'inquiète pas, mon séjour sera bref et je dormirai sur le lit à une place du dressing.

— Alors cette nuit… ça n'était pas…

— Au contraire. Que veux-tu que je te dise, *mia bella* ? Que tu as été délicieuse… un véritable enchantement ? Je le reconnais. Je ne m'attendais pas à une telle générosité de ta part. Surtout étant donné que c'était notre première et dernière nuit ensemble.

— Mais… ça, je ne le savais pas, objecta-t-elle d'une voix qu'elle ne reconnut pas. Et la fin légale de notre… marché ? Le divorce. Quand aura-t-il lieu ?

— Dès que possible, mais pas tout de suite. Il y a certaines règles à respecter.

— Oui… sans doute.

La gorge sèche, elle s'écarta de la porte.

— Eh bien… il n'y a pas grand-chose à ajouter.

Quel mensonge ! Il y avait tant de choses à dire. « Ne me quitte pas ! Ne pars pas ! Emmène-moi avec toi ! » Mais ça ne changerait sans doute rien. Ce serait juste une humiliation supplémentaire.

— Non, en effet, dit-t-il en fermant sa serviette. *Addio*, Dana *mia*. Je souhaite que Mannion soit à la hauteur des rêves que tu as nourris pendant tant d'années.

Il posa l'enveloppe sur le bureau et passa devant elle avec un sourire impersonnel. Quelques minutes plus tard, elle entendit la voiture démarrer.

Le travail. Il n'y avait que ça, se répétait-elle toutes les nuits avant de sombrer dans un sommeil agité, et tous les matins en se réveillant épuisée. Le travail l'aiderait à survivre à ce cauchemar. Avec une armée de peintres et de décorateurs dans la maison, elle n'avait pas le temps de donner libre cours à sa souffrance. De se recroqueviller dans un coin sombre pour pleurer toutes les larmes de son corps…

Elle devait collaborer avec Bella Dixon, l'architecte d'intérieur qui avait créé la chambre devenue pour elle le couteau dans la plaie. Il fallait discuter couleurs, tissus, styles. Faire le point chaque jour. Son rêve, comme disait Zac, sans doute avec ironie. Un rêve qu'elle voyait prendre forme jour après jour sans en éprouver la moindre joie.

Elle était également en relation en permanence avec Nicola, de plus en plus excitée à l'approche du grand jour. Le plus dur, c'était d'éluder ses questions sur la tournée européenne de Zac et la date de son retour.

Elle avait vécu le jour de son départ dans un état de stupeur incrédule, attendant contre toute espérance qu'un miracle se produise, qu'il change d'avis et qu'il revienne.

Puis elle avait dû se rendre à l'évidence. Ayant obtenu ce qu'il voulait, Zac n'éprouvait plus le moindre intérêt pour elle. De son côté, elle avait obtenu elle aussi ce qu'elle voulait. Sauf qu'au moment où son rêve était devenu réalité elle avait pris conscience qu'elle s'était trompée de rêve... Comment pouvait-on être stupide à ce point ?

Malgré tout, il y avait peut-être quelque chose à faire pour éviter que ce désastre soit totalement inutile. Après le mariage de Nicola, elle pourrait panser la blessure infligée à sa mère par le rejet des Latimer et mettre fin à son exil en Espagne. Elle lui proposerait de venir s'installer dans la maison qui aurait dû être la sienne. Peut-être trouverait-elle un certain réconfort à réaliser enfin le rêve de sa mère et à tisser de nouveaux liens avec cette femme qu'elle connaissait à peine.

Forte de cette lueur d'espoir, Dana écrivit à Linda une lettre chaleureuse. Nul doute que, cette fois, sa mère lui répondrait. Et si par hasard ce n'était pas le cas, elle irait en Espagne pour la convaincre de vive voix, se promit-elle.

14.

Un parfum d'automne flottait dans l'air, songea Dana en descendant la colline en direction de Mannion. Cependant, il était prévu que le soleil revienne à temps pour le mariage.

Après ses visites au traiteur et au fleuriste de la ville, elle avait l'assurance que tout était en ordre. Elle allait pouvoir rassurer Nicola, qui commençait à donner des signes de nervosité. Pour sa part, elle n'était pas nerveuse mais au comble de l'anxiété. La perspective de revoir Zac et d'être obligée de jouer la comédie du bonheur conjugal jusqu'à ce que tous les invités soient repartis lui donnait des sueurs froides. Mais mieux valait éviter d'y penser pour l'instant. Il était préférable de se concentrer sur les détails pratiques. Comme répéter à Nic que son gâteau était somptueux et que la femme du pasteur superviserait personnellement la décoration de l'église avec les fleurs blanches, au cas où la vieille Mme Wilmot tenterait de couvrir les bancs d'œillets rouges.

A Mannion, les ouvriers mettaient la dernière main à la décoration de la chambre destinée à tante Joss. Elle appréhendait un peu de revoir cette dernière, qui trouverait sans nul doute des occasions de manifester sa réprobation coutumière. Quant à Linda, elle n'avait pas répondu à sa lettre. Un voyage en Espagne semblait donc s'imposer, et après tout le dépaysement ferait peut-être du bien à Dana. Elle dormait toujours très mal, poursuivie par des rêves de grandes maisons vides dans lesquelles elle errait de pièce en pièce, à la recherche de quelque chose qu'elle ne trouvait jamais.

Une voiture était garée en face de l'entrée, constata-t-elle en arrivant au bout de l'allée. L'espace d'un instant, son cœur s'affola dans sa poitrine, puis très vite il se serra. Elle était ridicule. La voiture de Zac n'était ni de la même couleur, ni de la même taille, ni de la même forme…

— Vous avez de la visite, madame, annonça Mme Harris, qui l'attendait dans le hall. Un certain M. Harvey, qui insiste pour vous parler. Je l'ai fait attendre dans le salon.

— Harvey ? C'est un nom vaguement familier…

— Il m'a paru assez agressif, commenta Mme Harris d'un air pincé.

— Eh bien, apportez-nous donc du café pour arrondir les angles, s'il vous plaît, Janet, répliqua Dana en souriant.

M. Harvey, qui se leva poliment à l'entrée de Dana dans le salon, était un homme trapu et chauve, vêtu d'un pantalon gris bien coupé, d'une chemise imprimée et d'une élégante veste en lin. Son visage hâlé était sombre.

— Alors vous êtes Dana.

— Oui, acquiesça-t-elle froidement. Et vous, vous êtes… ?

— Bob Harvey. Votre beau-père.

— Mon beau-père ? Je ne comprends pas.

— C'est très simple. Votre mère et moi, nous nous sommes mariés il y a huit mois. Je l'ai connue il y a plusieurs années, quand elle travaillait pour moi au Royal Oak. Quand je l'ai vue dans ce bar que j'envisageais d'acheter à Altamejo, je n'en ai pas cru mes yeux. C'est la meilleure chose qui me soit arrivée depuis des années.

— Je… je vois.

Dana s'assit en face de lui sur le canapé.

— Eh bien, mes félicitations. Je vous souhaite d'être très heureux.

— Ça en prend le chemin. Mais ce serait plus facile si vous arrêtiez de lui écrire pour lui parler de… tout ça, répliqua-t-il en indiquant le décor d'un geste dédaigneux. Je suis sûr que ça part d'un bon sentiment, mais vos lettres rappellent à Linda des choses qu'il vaut mieux qu'elle oublie. Ça ne lui fait aucun bien et je veux que ça cesse.

Dana redressa les épaules.

— Monsieur Harvey, j'ai moi aussi à cœur de défendre les intérêts de ma mère. Et je veux qu'elle sache qu'elle est la bienvenue à Mannion, pour y occuper la place légitime qui lui a toujours été refusée.

— C'est là que vous vous trompez, ma chère. Parce que cette place légitime n'a jamais existé. C'est bien le problème.

Des coups furent frappés à la porte, et Janet Harris entra avec le café et des biscuits faits maison, obligeant Dana à ravaler ses protestations outrées.

— Vous croyez que Jack Latimer était votre père, reprit M. Harvey dès que la porte se fut refermée derrière la gouvernante. Mais c'est faux. Linda a menti. A des gens importants, qui ne pouvaient pas être dupes. Et elle a continué à mentir obstinément jusqu'à se piéger elle-même et se couvrir de honte.

Dana posa la cafetière d'un geste brusque.

— Comment osez-vous dire ça ? J'étais avec ma mère. J'ai vu à quel point elle a été blessée d'être rejetée par Mme Latimer. A quel point elle était malheureuse d'avoir perdu mon père.

M. Harvey la regarda dans les yeux.

— Vous pensez sans doute que c'est moi qui mens. Eh bien, non. Je suis la seule personne sur terre à connaître la vérité, parce que Linda me l'a avouée avant notre mariage.

— Pourquoi aurait-elle menti ?

— Vous avez besoin de demander ? Regardez autour de vous. Elle voulait tout ça. Elle voulait être quelqu'un au lieu de rester une mère célibataire obligée de trimer pour survivre. Jack Latimer était pour elle l'occasion d'avoir la vie dont elle rêvait. Et, comme il n'était plus là pour la contredire, elle a saisi cette occasion.

Dana enfouit son visage dans ses mains et resta immobile un long moment.

— Vous voulez dire qu'il ne s'est jamais rien passé entre eux ? finit-elle par demander d'une voix tremblante.

— Oh ! si. Pendant quelque temps. Mais pas de bébé. Il ne pouvait pas en avoir, voyez-vous. Il avait attrapé les oreillons au mauvais moment et ça l'avait rendu stérile. Sa famille le savait, mais Linda l'ignorait.

— Mais elle était si catégorique. Si blessée d'avoir été rejetée…

— En réalité, elle se sentait coupable.

— C'était tellement dur de la voir souffrir à ce point…

— Elle a toujours honte de ce qu'elle vous a fait subir. Trop honte pour pouvoir vous affronter. Mais ça viendra… Peut-être le jour où elle deviendra grand-mère.

Dana sentit son cœur se serrer. Ça avait dû être terrible pour Linda d'avoir commis une erreur aussi grave, puis d'avoir été obligée de vivre avec sa honte…

— Je croyais qu'elle ne rêvait que de Mannion…

— Elle aussi.

Le visage de M. Harvey s'éclaira soudain d'un sourire.

— Mais aujourd'hui elle a trouvé le vrai bonheur. Et vous aussi, ma chère, puisque vous êtes vous-même une jeune mariée.

Il se leva.

— Laissez-lui encore un peu de temps et tout finira par s'arranger. Vous verrez. A présent, je dois y aller. Ma sœur m'attend.

Dana se leva à son tour.

— M. Harvey… J'ai besoin de savoir. Etes-vous mon père ?

Il soupira.

— J'aimerais pouvoir répondre oui, mais ce serait un autre mensonge. C'est quelque chose que votre mère ne m'a pas dit, mais peut-être vous le dira-t-elle un jour. Et vous n'avez pas à vous inquiéter pour elle. Je veille sur elle. Ne vous dérangez pas, je trouverai la sortie.

En proie à une foule d'émotions, Dana resta seule dans le salon, les yeux dans le vague, jusqu'à ce que Janet Harris vienne chercher le plateau.

— Vous n'avez pas touché votre café ! s'exclama-t-elle.

Dana eut un pâle sourire.

— Non. Mais vous savez quoi, Janet, je crois que je vais prendre un double whisky à la place.

— C'est magnifique, dit Nicola avec un petit soupir nostalgique. Mannion a retrouvé tout son éclat. Ça rappelle des tas de bons souvenirs. Et je n'arrive pas à croire que tu aies réussi à faire tout ça en si peu de temps.

Dana sourit, tout en lui jetant un regard songeur.

— C'est Bella Dixon et ses troupes qu'il faut remercier. Pas moi. Et tout le monde n'est pas aussi admiratif. Ta tante Mimi a jeté un coup d'œil à sa chambre et elle a déclaré que tout ce crème lui donnait l'impression qu'elle allait dormir dans une laiterie.

Nicola leva les yeux au ciel.

— Tante Mimi ne changera jamais. Elle a déjà dit à mon père que Mannion serait à lui s'il était resté en Angleterre et que Zac avait chassé Adam.

— Mon Dieu ! Qu'a-t-il répondu ?

— Rien. L'horrible Sadie est intervenue. Elle a dit à tante Mimi qu'elle ferait mieux de se mêler de ses affaires, et que, vu l'efficacité dont faisait preuve Adam en Australie, il pouvait rentrer à Mannion quand il voulait.

Pour la première fois depuis de longs jours, Dana éclata de rire.

— Bravo, Sadie !

— Mais dis-moi plutôt… Tout va bien ? Je m'attendais à te voir tout excitée à l'idée de retrouver Zac. A ce propos, si vous voulez vous éclipser quelques heures pour des retrouvailles dignes de ce nom, je veillerai à ce que vous ne soyez pas dérangés.

Dana sentit ses joues s'enflammer.

— Et donner des armes supplémentaires à tante Mimi ? lança-t-elle d'un ton enjoué. Non, j'ai bien l'intention d'être une hôtesse parfaite.

Pour la première et la dernière fois. Elle avait le temps de répéter son rôle. D'après le message qu'il avait laissé à Janet, Zac, qui amenait avec lui Serafina et tante Joss, ne serait pas là avant une heure au moins. Oui, elle avait le temps de se préparer à l'accueillir avec un visage serein. Elle avait choisi sa tenue avec soin, une robe droite au genou en lin rose qui éclairait son teint pâle. Les Marchwood, toujours aussi charmants, lui dirent qu'elle était ravissante, ce qui lui réchauffa le cœur. En revanche, la curiosité de Jo et d'Emily lui mit les nerfs à fleur de peau.

— Petite cachottière, la taquina Emily. Je ne me doutais pas du tout qu'il y avait quelque chose entre toi et le sublime M. Belisandro. En fait, je croyais que… Mais peu importe. Alors, dis-nous tout. Comment ça a commencé entre vous ?

— Je le connais pratiquement depuis toujours, répondit-elle d'un ton neutre.

Sauf qu'elle ne le connaissait pas vraiment. Elle ne se connaissait d'ailleurs pas elle-même. Et aujourd'hui il était trop tard.

Lorsque Janet lui annonça que la voiture remontait l'allée, elle resta délibérément en retrait, laissant Nicola et Eddie accueillir les arrivants les premiers. C'étaient eux que Serafina avait envie de voir, se dit-elle. Et ça tombait bien, parce qu'elle était au bord du malaise à l'idée qu'elle allait revoir Zac d'une minute à l'autre. Serafina fut la première à entrer dans la maison, toujours bien droite malgré sa canne, et son visage s'éclaira dès qu'elle vit Nicola. Tante Joss, qui la suivait de près, salua Dana d'un simple hochement de tête, le visage fermé.

Tendue à l'extrême, Dana attendait Zac. Il avait l'air las et absent, constata-t-elle dès qu'il s'encadra dans la porte. Réprimant l'envie de courir se blottir dans ses bras, elle se dirigea lentement vers lui, un sourire factice aux lèvres.

— Dana *mia*.

Il déposa un baiser sur sa main, puis sur sa joue, ses lèvres effleurant à peine sa peau.

— Bienvenue chez toi, dit-elle sans cesser de sourire. Tu as fait un bon voyage ?

— Très fructueux.

Il la prit par la main et l'entraîna vers Serafina.

— Puis-je te présenter ta nouvelle cousine, *cara mia* ?

— Ce n'est pas une étrangère, commenta Serafina d'un ton pince-sans-rire en serrant brièvement la main de Dana. Nous bavarderons plus tard, mais le voyage m'a un peu fatiguée et j'aimerais monter dans ma chambre.

— Bien sûr. Peut-être souhaitez-vous également prendre votre thé dans votre chambre plutôt qu'au salon. Du lapsang souchong, c'est bien ça ?

— Oui, acquiesça Serafina, visiblement surprise. Vous avez une bonne mémoire.

Tandis que Janet accompagnait Serafina et tante Joss à l'étage, Zac dit à Dana :

— Je voudrais prendre un café dans la bibliothèque, s'il te plaît. J'ai du travail — quelques détails à régler après ma tournée. Tu peux peut-être m'excuser auprès de nos invités et leur dire que je les verrai au dîner.

C'était sans doute valable pour elle également, songea-t-elle en s'éloignant. Quand chacun fut servi à l'endroit souhaité, elle monta à l'étage et frappa à la porte de sa tante. L'accueil n'eut rien de chaleureux.

— Alors tu as fini par gagner. Je suppose que je devrais te féliciter. Je prenais pourtant M. Belisandro pour un homme sensé.

— Parce qu'il m'a fait renvoyer il y a sept ans ? Tout le monde a le droit de changer d'avis, je suppose.

Même si ça ne durait pas…

Tante Joss regarda Dana d'un air interdit.

— De quoi parles-tu ?

— De ma terrible erreur de jeunesse, répondit Dana en relevant le menton. Les prétendues avances que je lui ai faites.

— Ce n'était pas Zac. C'est Adam qui s'est plaint. Mais ça n'a pas vraiment d'importance. C'était il y a longtemps.

— Oui. Très longtemps, approuva Dana, abasourdie. Et pendant tout ce temps elle en avait voulu à Zac pour quelque chose qu'il n'avait pas fait… Elle inspira profondément.

— Mais ce n'est pas pour ça que je suis ici. Es-tu au courant que ma mère s'est mariée ?

— Mariée ? Avec qui ? Un Espagnol ?

— Avec Bob Harvey, son ancien patron au Royal Oak. Du coup, je sais à présent que Jack Latimer ne pouvait pas être mon père et que ni Linda ni moi n'avons jamais eu aucun droit sur Mannion.

— Linda l'a reconnu ?

— Non, son mari. Peut-être pourrais-tu dire à Mme Latimer de ma part que j'ai l'intention de… remédier à cette situation. Je… Nous en reparlerons plus tard… si tu veux bien.

La porte de la bibliothèque était fermée et ce fut d'un ton impatient que Zac répondit quand Dana frappa à la porte.

— *Entra.*

Le regard qu'il lui lança quand elle entra dans la pièce n'avait rien d'encourageant non plus.

— Dana… à moins que ce soit important…

— Justement. C'est très important.

Il plissa les yeux, puis il posa son stylo sur le bureau encombré de documents et se leva. Il fit le tour du bureau et s'y appuya, les bras croisés, comme s'il se préparait à une mauvaise nouvelle.

— Tu viens me dire que tu es peut-être enceinte ?

Enceinte… Les pensées se mirent à tourbillonner dans l'esprit de Dana. Et si elle mentait, si elle prétendait qu'elle était enceinte, que se passerait-il ? Resterait-il avec elle ? Pas forcément. Il pourrait lui promettre d'assumer ses responsabilités de père, sans pour autant rester avec elle. Et elle ne vaudrait pas mieux que sa mère. Elle crispa les poings pour empêcher ses mains de trembler.

— Non… ce n'est pas ça.

Le visage impénétrable, Zac regarda par terre.

— Je vois. Quoi, alors ?

Elle déglutit péniblement.

— C'est au sujet de la maison.

— *Santa Madonna. Sì, naturalmente.* Ça ne peut être que la maison. Quoi d'autre ? Il te faut plus d'argent ? Prends-le. Tu veux la démolir puis la reconstruire ? Vas-y. Ça ne me regarde plus. Je n'ai pas été assez clair ?

— Non, ce n'est pas ça. Je suis venue te dire que je veux la vendre.

— Vendre… Mannion ? répéta-t-il d'une voix étrange.

— Oui. Je… J'ai pensé que tu voudrais être prévenu.

— Pourquoi ? Tu veux un avis ? Tes anciens employeurs sont certainement mieux placés que moi pour te conseiller. Ou tu veux que je te recommande un avocat, peut-être ?

Il haussa les épaules.

— Téléphone à notre service juridique. Tu y trouveras toujours quelqu'un de prêt à t'aider.

— Oui, je n'en doute pas.

Il trouverait toujours une solution pour se débarrasser d'elle… La gorge nouée, elle refoula ses larmes.

— Je peux me débrouiller seule, merci. J'ai dit tout ce que j'avais à dire, et je te prie de m'excuser pour cette interruption.

— *Un momento.* Attends, dit-il alors qu'elle se tournait vers la porte.

— Tu crains que je vende à perte ? Ne t'inquiète pas. Ça n'arrivera pas.

— Je veux savoir pourquoi tu vends.

— Parce que je n'ai plus envie de vivre ici.

— Après n'avoir pensé qu'à ça pendant des années ? s'exclama-t-il d'un ton vif.

— J'ai toujours cru que si Jack Latimer n'avait pas été tué il aurait épousé ma mère, et qu'étant sa fille j'avais des droits sur cette propriété. Aujourd'hui, je sais que c'est faux. Que, même s'il a eu une aventure avec ma mère, il n'y a pas eu d'enfant parce qu'il ne pouvait pas en avoir. Tout ce qu'a raconté ma mère n'était qu'un tissu de mensonges.

Elle haussa les épaules.

— Et je ne peux pas vivre avec ça.

— Tu n'as aucune raison de le faire. Mannion est à toi parce que je l'ai offert en cadeau de mariage à ma femme.

— Ta femme ! s'exclama-t-elle d'une voix étranglée. Et combien de temps vais-je rester ta femme ? Et quand ce sera fini, combien d'années aurai-je à passer ici sans toi… dans la coquille vide de Serafina ?

Elle laissa échapper un petit rire qui se termina dans un sanglot.

— Combien de temps à survivre dans ce vieux tas de pierres au milieu de nulle part, à errer de pièce en pièce en faisant comme si ma solitude était juste un mauvais rêve, comme si j'allais finir par te trouver quelque part en train de m'attendre ?

Elle rejeta la tête en arrière.

— Non, merci ! Je ne peux pas rester ici. Cet endroit renferme trop de souvenirs. Je ne pourrai pas les supporter. Alors je vais m'échapper tout de suite, puisque ça t'est indifférent.

Sa voix se brisa et elle pivota sur elle-même, cherchant à tâtons la poignée de la porte.

— Dana, mon amour, ma femme, *mi adorata…* ne me quitte pas. Ne t'en va pas.

Elle se retourna lentement. Jamais elle n'avait vu Zac

avec cet air suppliant, vulnérable, proche du désespoir. Partagée entre l'espoir et le doute, elle s'entendit demander :

— Tu veux de moi ?

— Non, bien plus que ça. Je t'aime. Je pense que je t'aime depuis toujours. Mais jusqu'à cet instant je croyais que tu ne t'intéressais qu'à cette maison. C'est pour ça que je suis parti. Je me suis rendu compte que je ne pouvais pas le supporter.

Avec un petit gémissement, elle se précipita vers lui et se jeta dans ses bras, offrant sa bouche à ses baisers avides et son corps à ses caresses fébriles. Pour la première fois, elle le voyait éperdu, submergé par un désir incontrôlable, et c'était grisant.

La saisissant par la taille, il la hissa sur le bureau et balaya d'un geste tous les documents. Il remonta sa robe, déchira sa culotte, ouvrit sa braguette et entra en elle d'un seul coup de reins. Donnant libre cours à leur passion mutuelle, ils furent emportés dans une spirale de feu tourbillonnante et s'abîmèrent ensemble dans le gouffre sans fond de la volupté. Lorsqu'ils reprirent leurs esprits, ce fut pour s'émerveiller en riant de s'être enfin trouvés.

Après avoir remis de l'ordre dans leurs vêtements, ils s'installèrent dans le fauteuil devant la cheminée, Dana sur les genoux de son mari, le visage enfoui dans son cou, tandis qu'il murmurait à son oreille dans sa langue maternelle.

— Il faut que j'apprenne l'italien. Pour comprendre ce que tu dis.

Il eut un sourire nonchalant.

— Ce soir, au lit, *mia carissima*, je te promets que tu auras la traduction fidèle.

— Mmm… Vivement ce soir.

Elle se blottit plus étroitement contre lui et poussa un petit soupir.

— Mais c'est dommage que tu aies fait démolir le pavillon d'été. Ça aurait été bien d'y retourner avant de partir.

— Tu veux toujours vendre Mannion ? C'est pourtant ce qui nous a réunis.

— Ça aurait aussi bien pu nous séparer. Et ça me rappellera toujours à quel point j'ai été aveugle. Cupide. Intéressée.

— Non, ma chérie, objecta-t-il en posant un doigt sur ses lèvres pour la faire taire. Seulement désorientée et très malheureuse. Grâce à ta mère. Et c'est Adam qui a fait démolir le pavillon d'été. Son dernier acte de malveillance avant de me vendre Mannion.

— J'ai toujours cru que c'était toi qui m'avais fait chasser d'ici. Après cette fameuse nuit. Mais c'était Adam.

— Il est très rancunier. Et je soupçonne qu'il savait que nous étions ensemble quand il est venu te rejoindre.

— Mais pourquoi n'as-tu pas dit la vérité à Serafina ?

— Parce que j'avais honte. Je n'avais pas l'intention d'aller aussi loin avec toi, mais tu étais tellement délicieuse, *mia cara*. Tellement irrésistible. Et en même temps trop jeune pour t'engager sérieusement comme je le souhaitais déjà. Et puis je semblais le dernier homme au monde que tu envisagerais d'épouser. Alors j'ai essayé de t'oublier. Sans y parvenir. Et, quand je t'ai revue, je me suis rendu compte que rien n'avait changé. Que tu étais toujours obsédée par Mannion. Et que je tenais à toi plus qu'à la vie. Alors j'ai décidé de faire en sorte que nos deux vœux se réalisent. En me disant qu'une fois que tu serais ma femme je pourrais t'apprendre à m'aimer.

— Alors pourquoi es-tu parti ? Tu devais bien savoir ce que j'avais ressenti, murmura-t-elle en rougissant.

— Oui. Mais je savais également que te donner du plaisir n'était pas suffisant. Qu'en réalité c'était moi le plus cupide, parce que je ne pouvais pas me contenter de ton corps. Il me fallait aussi ton cœur.

— Maintenant, je suis à toi. Toute à toi. Pour toujours.

— *Mi adorata.*

Si vous avez aimé *Indomptable convoitise*, découvrez sans attendre les précédents romans de la série « L'amour en sept péchés » :

La maîtresse de Gabriel Cabrera, Cathy Williams
La passion interdite du cheikh, Dani Collins
Un si fier séducteur, Kim Lawrence
Le goût de l'interdit, Maggie Cox
Le piège de l'ambition, Annie West
Un furieux désir, Maya Blake

disponibles dès à présent sur www.harlequin.fr

Retrouvez en août,
dans votre collection

Azur

Deux héritiers pour son royaume, de Lynne Graham - N°3735

SÉRIE : ENFANT SECRET

Alors qu'il vient d'être couronné roi, Jaul le sait : son unique préoccupation devrait être de choisir sa future épouse, une femme digne et charismatique qui dirigerait à ses côtés le royaume du Marwan... Au lieu de cela, il n'a qu'une obsession, trouver un moyen rapide de divorcer de Chrissie Whitaker, qu'il a épousée deux ans plus tôt. A l'époque, hypnotisé par le désir fou qu'elle éveillait en lui, il s'était laissé stupidement piéger par cette aventurière. Et voilà qu'aujourd'hui, il doit annuler leur union ! Sauf qu'en retrouvant Chrissie, toujours aussi belle et lumineuse, Jaul découvre que son projet de divorce est tout simplement irréalisable. Car elle ne tarde pas à lui présenter Tarif et Soraya, les jumeaux qu'elle élevait dans le plus grand secret et dont il est le père...

Le charme d'un patron, de Cathy Williams - N°3736

SÉRIE : COUP DE FOUDRE AU BUREAU

Comment les femmes peuvent-elles être assez naïves pour tomber dans le piège d'Alessandro Preda ? Certes, Kate doit en convenir, son patron est d'une beauté à couper le souffle et dégage un charme redoutable. Mais il faudrait être aveugle pour ne pas déceler, sous le masque du prince charmant, le play-boy invétéré ! Il ne dissimule même pas le plaisir qu'il éprouve à jouer avec les sentiments de ses conquêtes. Pourtant, lorsqu'un projet sensible la contraint à collaborer avec lui, Kate doit admettre qu'elle a du mal à garder sa réserve. Alessandro fait tout pour la détendre, la faire rire, et elle commence à sentir qu'elle aussi pourrait se laisser séduire... quitte à mettre son cœur et son équilibre en péril.

Pour une nuit entre tes bras, de Carol Marinelli - N°3737

Lorsque Matteo Santini a payé pour une nuit avec Bella Gatti, des années plus tôt, il ne cherchait qu'une chose : la protéger. Le caïd de la petite ville sicilienne où ils ont grandi ne menaçait-il pas de s'octroyer ses faveurs ? Au cours de cette nuit magique, il lui a même offert de fuir avec elle, naïf qu'il était. Mais Bella avait sans doute d'autres projets, car elle a dédaigné son offre et ne s'est jamais présentée au rendez-vous... Voilà pourquoi, en apprenant qu'elle sera présente au mariage d'un de leurs amis d'enfance, Matteo sent naître en lui un sentiment inédit : de l'appréhension, mêlée d'amertume mais aussi de désir...

Un enfant pour tout changer, de Joss Wood - N°3738

Demi a pris goût à son existence solitaire et nomade. Voyager à travers le monde, travailler uniquement lorsqu'elle en ressent le besoin : voilà ce qu'est vraiment la liberté... Une insouciance qui s'apprête cependant à prendre fin. Car, après une seule nuit de plaisir partagée avec le beau Rob, elle attend un enfant, un petit être qui aura besoin d'elle autant que de stabilité. Demi l'a donc décidé : son dernier voyage aura pour destination les vignobles de Bellevue, où elle annoncera à Rob qu'il s'apprête à devenir père, avant de choisir un endroit où élever son bébé, seule. En effet, mieux vaut éviter de s'attarder trop longtemps auprès de Rob, et de fantasmer sur la vie de famille qu'il ne lui offrira jamais...

Prisonnière d'une promesse, de Michelle Smart - N°3739

Si Charley a quitté Raul Cazorla, deux ans plus tôt, c'était pour d'excellentes raisons. Ils n'avaient jamais appartenu au même monde – elle est issue d'un milieu modeste, lui, de la plus brillante aristocratie espagnole –, et Raul, incapable de l'aimer telle qu'elle était, s'était échiné à la transformer. Pourtant, aujourd'hui, il lui fait une troublante proposition : il financera le centre d'accueil pour enfants dont elle rêve depuis si longtemps, en échange de quoi elle reprendra leur vie conjugale et se pliera à sa volonté. Charley le sait, elle ne peut refuser cette offre, qui lui permettrait de mettre ses chers petits à l'abri. Même si, face à cet homme redoutable, elle ressent une peur mêlée d'un irrépressible désir...

Fiançailles à haut risque, de Maisey Yates - N°3740

Victoria a commis une erreur, douze ans plus tôt, et, par sa faute, son père a été conduit à la ruine. Depuis, une oppressante culpabilité l'étreint... Cependant, elle a trouvé comment se racheter : elle va convaincre le milliardaire Dmitri Markin de se fiancer avec elle, et ainsi remettre la main sur l'entreprise familiale. En échange de ce petit service, elle mettra tout en œuvre pour améliorer son image de séducteur invétéré. Sur le papier, l'idée est brillante. Mais, sous le regard de feu de Dmitri, ancien champion de lutte et homme d'affaires impitoyable, Victoria comprend qu'elle vient peut-être de se jeter dans la gueule du loup...

Le courage d'une séductrice, d'Andie Brock - N°3741

SÉRIE : LES MARIÉS DE L'ÉTÉ - 4E VOLET

Une jeune femme à demi nue dans son lit. Voilà une découverte peu commune, même pour un homme aussi convoité que lui, le cheikh Zayed al-Afzal. Pour quelle raison cette inconnue commettrait-elle un acte aussi effronté ? Mais Zayed ne perd pas de temps à se questionner, car la belle Nadia a fait germer une idée dans son esprit : il a justement besoin d'une épouse pour asseoir son autorité et couper court aux rumeurs qui circulent à son sujet, et la jeune femme semble toute disposée à s'attacher à lui ! Quant au désir qu'il éprouve pour elle, il ne fera que rendre cet arrangement plus alléchant...

A toi, depuis toujours, de Susan Stephens - N°3742

SÉRIE : TENTATION BRÉSILIENNE - 1ER VOLET

Lizzie peine à croire qu'elle est là, sur la propriété brésilienne de Chico Fernandez. Chico, le célèbre éleveur de chevaux, le champion de polo et, surtout, le merveilleux ami de son adolescence dont elle a été séparée par un drame familial… Mais ce n'est pas en raison de leur passé commun qu'elle se trouve ici aujourd'hui. Non, elle est venue approfondir sa connaissance des chevaux pour devenir une soigneuse accomplie. Ce qui ne l'empêche pas de remarquer, du coin de l'œil, que l'enfant au regard sombre qu'était Chico s'est transformé en un un homme extrêmement séduisant…

Une impardonnable trahison, de Caitlin Crews - N°3743

SÉRIE : LE SECRET DES HARRINGTON - 5E VOLET

Holly, son épouse. Symbole de sa jeunesse turbulente et de ses errements passés. Aujourd'hui, Theo Tsoukatos est contraint de la revoir, après des années de séparation. C'est bien la dernière chose qu'il souhaite, car il sait que Holly va lui demander le divorce, afin de retrouver sa liberté. Or, cette liberté, Theo refuse de la lui accorder : ce sera son unique vengeance, après l'impardonnable infidélité dont Holly s'est rendue coupable. Malgré tout, il ira la retrouver à Barcelone, la ville de leur magique voyage de noces, pour écouter ses arguments. Peut-être pour le plaisir de la voir s'abaisser à le supplier. Peut-être, aussi, pour s'offrir une dernière fois le luxe de contempler le corps sublime de la femme qu'il n'a jamais pu oublier.

Retour à Wolfe Manor, de Kate Hewitt - N°3744

SÉRIE : SCANDALEUX HÉRITIERS - 8E VOLET

En décidant d'emménager dans le petit cottage attenant à Wolfe Manor, où elle a longtemps vécu avec son père, Mollie ne s'attendait pas à trouver Jacob Wolfe installé dans la vaste propriété. Mais, même sous le choc, elle a assez de lucidité pour s'apercevoir que Jacob est encore plus sombre et tourmenté que par le passé, et encore plus séduisant… Si bien qu'elle n'hésite que quelques secondes lorsqu'il lui lance un ultimatum : soit elle accepte de redessiner le jardin de la propriété, soit elle quitte les lieux sur-le-champ. Décidée à faire taire ses inquiétudes, Mollie se convainc qu'elle va réussir la mission que Jacob lui a confiée. Et qu'elle parviendra aussi à faire fondre la muraille de glace qui entoure son cœur…

Composé et édité par HARLEQUIN

Achevé d'imprimer en juin 2016

BLACK PRINT

Barcelone

Dépôt légal : juillet 2016

Pour l'éditeur, le principe est d'utiliser des papiers composés de fibres naturelles, renouvelables, recyclables, et fabriquées à partir de bois issus de forêts gérées selon un système d'aménagement durable. En outre, l'éditeur attend de ses fournisseurs de papier qu'ils s'inscrivent dans une démarche de certification environnementale reconnue.

Imprimé en Espagne